大商家の愛娘（幼女）ですが、毎日元気いっぱいに暮らしていたら
攻略対象の過去トラウマ一掃しちゃってたみたいです
チャーリー
年齢 14歳
立場 ジャレット家のフットマン
ステラの笑顔を守るのに人生を捧げる決意をしている。実はつらい過去が
ステラ・ジャレット
年齢 4歳
立場 大商家の愛娘
両親と使用人たちに愛され元気いっぱいに育つ。人見知りせず感情表現豊かな優しい良い子。実は現代日本から乙女ゲームの世界へモブ転生しているが本人は転生に無自覚。
マルクス・ミラー
年齢 7歳
立場 騎士団長の息子
父親に憧れ騎士を目指すやんちゃな男の子。落ち込んでいた時にステラに励まされ、彼女のことが大好きになる。
JN033803

デイヴィス・
ビ・バップ
年齢 8歳
立場 第二王子
優秀な4歳上の兄
ジョンを慕っており
将来は国王となった彼を
支える立場になりたいと
考える早熟な子。
ピアノを弾くのが大好きで、
ステラに興味津々。
リリー
年齢 ?歳
立場 ステラの
飼い猫
頭から
しっぽの先まで
真っ白な美猫。
小悪魔気質で
ステラを翻弄。
ダニー
年齢 6歳
立場 孤児→
ジャレット家の
医者見習い
貧しい環境で
過ごし、ステラに
窮地を救われる。
2歳年下の妹、
ポーギーがいる。
ルイ・
レッグウィーク
年齢 8歳
立場 宰相の息子
知識人の父を
尊敬している。
研究者になるのが夢。
多角的な
物の捉え方をする
ステラにドキドキ!

ビビリキウイ
illust れんた
大商家の愛娘（幼女）ですが、毎日元気いっぱいに暮らしていたら
攻略対象の過去トラウマを一掃しちゃってたみたいです

contents

プロローグ

浮上する意識に、呆《あき》れた。

どうやら私はまだ死んでいないらしい。

意識を失って、目覚めて、また失って、また目覚めて。もう何度もそれを繰り返してきた。

その頻度が明滅するほどにまで短くなってきたことで、もうまもなくこの生が終わるだろうことは自覚している。

人よりずっと短い一生だった。

ベッドに寝てばかりで、人並みの楽しみも叶《かな》わない一生だった。

入学しただけで学校に通うこともほとんどできなくて、私は持って生まれた病に飲み込まれて今まさに死にゆこうとしている。

もう瞼《まぶた》を開く力もなくて、なのに耳だけはやたらとはっきり聞こえていて、死ぬ間際まで耳だけは聞こえているなんて言っていたのは誰だっけと戯れるように思った。

いつもの時間、いつものテレビ番組の音だけが聞こえてきていた。

私を最期まで愛してくれた両親は代わる代わるそばについていてくれたし、こうして二人ともがいられない時は寂しくないようにとテレビを流しっぱなしにしてくれている。

バラエティ色の強いワイドショーがちょうどひと段落ついて、昼のニュースが始まった。

今日は私の好きな声の男性アナウンサーが担当の日だったようだ。

優しい声が心地よくて、彼が淡々と読み上げていくニュースに耳を傾ける。

私がほとんど触れることの叶わなかった広い広い世界では、悲しい出来事が、争いが、今もたくさん起こっているらしい。

今も、凄惨な事件を起こした犯人の弁護士さんが、犯人の置かれていた環境や同情すべき過去について切実な声で訴える映像が流れ始めたようだった。

弁護士さんの話に耳を傾けながら、思う。

私も、もし、この病気がもっと違う何かで、たとえば置かれた環境や特定の誰かのせいでこうなっていたとしたら、弁護士さんの語る犯人と同じように恨みを周囲に向けていたのかもしれない。

屈折して、理不尽に憤って、他人を巻き込み暴れたくなったのかもしれない。

人に与えられることが自分には与えられなくて、自分ができないことを何の苦もなくできてしまう他人のことを憎んで、害してしまっていたかもしれない。

そこまで考えてふと、こんな私を友達だと言ってくれる大好きな幼馴染《なじみ》がしていた話を思い出した。

彼女がたびたび語って聞かせてくれた『乙女ゲーム』の登場人物たちのことだ。

彼女の好きな『乙女ゲーム』、たしかタイトルは『学園のヒロイン』という作品に出てくる『攻略対象』の男子たちも、みんな様々な過去のトラウマによって苦しい日々を送っている設定だったはずだ。

彼女の『推し』だという、名前は忘れてしまったけれど騎士のキャラクターの子も、幼い頃に家族関係が崩壊してしまったせいで孤立し、歪《ゆが》んだまま正されなかった価値観に振り回されたり、力の扱い方がわからず人を傷つけては本人もつらい思いをしたりしているキャラクターなのだと言っていた。

『私、そんな攻略対象たちがヒロインちゃんに救われて幸せになるのがすっごく好きなんだよね！』

嬉《うれ》しそうに言った幼馴染の声が鮮明に蘇《よみがえ》る。

進行していく不治の病、そんな絶望的な境遇で生きてきた私にとって、変わらず友達でいてくれた幼馴染の彼女は紛れもなく光そのものだった。

彼女が言うのならきっと、『攻略対象』たちも苦しみから救われるんだろうなと思ったものだ。

私がもし、この病に蝕《むしば》まれた体から解き放たれたなら、私も、彼女が語ったヒロインのような、誰かを幸せにするような、そんな人生にしてみたいと思えた。

テレビの、不遇の末に事件を起こした犯人の気持ちがわかってしまう、恵まれなかった私だからこそ、寄り添える苦しみもきっとあるはずだから。

周囲の人に救われてきた私だから、そんな私だからこそ、誰かにとってのそんな存在になれたらと強く思う。

流れるテレビの音が、意識が、どんどんと遠ざかっていく。

きっとこれが最期なのだろうと、不思議な確信があった。

もうきっと私の意識が戻ることはないだろう。

もし、生まれ変わることができるなら、どうか元気な体で、それから、誰も悲しまないような優しい世界に――――。

第一章　ジャレット家の大天使ステラちゃん

こんにちは！　私の名前はステラ。ステラ・ジャレット。

パパはゲイリー・ジャレット。ママはディジョネッタ・ジャレット。

私のおうちはとっても大きくて、家の中では使用人の人たちが私たち家族のために働いてくれているの。

「お嬢様、もう起きてらっしゃいますか？」

「はーい」

カーテンの隙間から差し込む光で目が覚め、ベッドで微睡《まどろ》んでいると、執事のヘイデンがお部屋の外から声をかけてくれた。

なんだか悲しいような、幸せなような、不思議な夢を見ていた気がするけれど、ヘイデンのお声を聞いたら忘れちゃった。

ヘイデンは、おうちのことをなんでも知ってるすごいおじいちゃん執事さん。

今日はお勉強の先生は来ない日だから、いつもよりゆっくりの時間に起こしに来てくれたみたい。

パジャマの上からローブを羽織って、モコモコのうさぎさんのスリッパを履いて扉へ向かう。

扉を開くと、ヘイデンの隣にはブラシや水差しなどののったお盆を持ったチャーリーがいた。

「おはようございます。お嬢様」

「おはよう！　ヘイデン！　チャーリーもおはよう！」

「はい。おはようございます」

チャーリーがニコリと笑いかけてくれる。

挨拶は元気いっぱいでしたほうが気持ちがいいので、私はいつも大きな声でおはようを言うことにしているの。

チャーリーは、パパよりずっと若いけれどとってもしっかり者のフットマンさん。

いつも朝は、チャーリーにお部屋で身支度をしてもらうの。

ヘイデンとはお部屋の前で別れて、お部屋に戻って、顔を洗って、チャーリーが注いでくれたお水を飲む。

チャーリーがカーテンを開けてくれたので、お部屋が明るくなった。

「お水、冷たくておいしいね」

「良うございました。料理場の者が、朝は冷たいほうがすっきりするだろうと、先ほどまで井戸水で冷やしておいたようですよ」

「そうなんだ！　うれしい〜」

「伝えておきましょう」

お話しながらも、チャーリーは椅子に座った私の長い髪を整えて、軽く結ってくれる。

「ステラお嬢様。本日のお洋服はこちらはいかがですか？」

今日はお勉強がないので、私はお出かけしたいと思っていたけど、チャーリーはちゃんとわかってくれているみたい！

チャーリーが出してくれたのは、私のお気に入りのお出かけ用ワンピースだ。

緑のワンピースは可愛《かわい》くって、白いフリルの付いた靴下とリボンの靴と合わせるのが私のお気に入り！

「それにする！　今日は本屋さんの通りに行きたいんだけど、いいかなあ」

「承知いたしました。ご一緒いたしましょう」

「ありがとう！」

お着替えは朝ごはんのあと。

すっかり目の覚めた私は、チャーリーとダイニングに向かった。


「おはよう、僕の天使」

「おはよう、ステラ」

「おはよう！　パパ！　ママ！」

ダイニングではパパとママがテーブルで隣同士で座ってお喋《しゃべ》りしていた。

私はパパとママが見える正面のいつもの席に座る。

私たち家族が揃《そろ》うと、使用人さんたちがテーブルの上に朝ごはんを並べてくれる。

「今日はオムレツがあるのね！　私オムレツだぁいすき！」

「それはよかったな」

私たちがご飯を食べる時は、メイドさんや料理人さんもみんなこのダイニングに集まって食べるの。

前に私が、ご飯はみんなで食べたいって言ったら、パパが「給仕は始めと終わりのみでいい。料理も全て始めに並べるか皿をまとめればいい。家の者全てで朝食は食べること」と決めてくれた。

パパはすごく優しくって、私はパパが大好き！

我が家で働いている人たちは全部で一二人いて、ヘイデンやチャーリーみたいに家族のお世話をしてくれる人や、庭師さん、料理人さん、門番や警備をしてくれる人、お薬や私たちの体調の管理をしてくれるお医者の先生、私とママを手伝ってくれる女性の使用人さんがいるの。

今も料理人さんが「オムレツはお嬢様がお喜びくださると思ってメニューに加えたんで

す」と教えてくれた。

「いつも美味《おい》しいごはんありがとう～」

こうやってみんなとワイワイお話したりして、朝ごはんはいつも楽しい。

パパも、変わったことはないか？　って、毎朝みんなに聞いていて、この間なんて、「ステラがみんなで朝ごはんにしたいって言ってくれたおかげで、情報共有がスムーズになって助かってるよ」って褒めてくれた。

情報共有っていうのはよくわからなかったけど、褒められて嬉しかったな。

「ステラは今日はお勉強のおやすみの日でしょう？　ママとピアノを弾きませんか」

「え！　どうしよう」

ママはピアノがとってもお上手で、ママのピアノを聴くのが大好きだから、迷ってしまう。けれど、今日は緑のワンピースを着ておでかけしたい気分だったので、たっぷり悩んだあと「今日はおでかけにする」と言った。

「あら、そんなに眉を下げて……良いのよ、また今度にしましょうね。ほら、ステラ笑って。これで好きな物を買いなさい」

ママがチャーリーに私のお小遣いを渡してくれた。

ママもとっても優しくて、ピアノもお絵かきもとってもお上手で、それにママはべんごしさんみたいに法律にも詳しいんだって。

あれ？　べんごしさんってなんだっけ？

どこかで聞いたことがある気がするのに、誰に聞いたのかもわかんない言葉。

とにかく、ヘイデンも褒めていたくらい、とっても賢くって自慢のママなの！

朝ごはんが終わったら、これからお店にお仕事に行くパパを見送って、私はお部屋でお着替えだ。

パパはお店の店長さんなの。

パパのお店は、私はひとつしか場所を知らないけど、色んなところにたくさんあってパパはその全部の店長さんなんだってヘイデンが教えてくれた。

だからこんなに大きなおうちに暮らせるんだって。

私はもうひとりでお着替えできるようになった。

いつも女性の使用人さんが一人はお部屋に来てくれるけど、「ひとりで着られるんだよ！」って、ちゃんと着られるところを見ていてもらう。

一緒に今日つける髪飾りを選んで髪をセットしてもらうけど、今日はパパに買ってもらった白い帽子をかぶっていくことにした。

「飛ばないように髪にお留めしましょう」

そう言って、女性の使用人さんはお花がついたヘアピンで帽子を髪にきゅって留めてくれた。

そうだ、風なんかが吹いて飛んでいってしまったらとっても悲しくなっちゃうに決まってる。

「そうだね、留めたほうがいいね、ナイスアイデアだ、すごい」

私が感心してしまって彼女を見ると、「良うございました」とニコニコ笑ってくれた。

おうちにいる使用人さんたちは、みんな優しくて、いつも笑顔で、いい人たちばかりなのだ。


「お嬢様、本日の目的地は本屋でよろしいですか？」

「そうなの、虎さんの本のつづきがないか見に行きたいの」

「承知いたしました。馬車で行かれますか？」

「んん。歩いていく。チャーリーは馬車のほうがいい？」

「いいえ、私もお嬢様と歩きたい気分でしたので」

「本当⁉　嬉しいなぁ」

チャーリーと手を繋《つな》いで、見送りに出てきてくれたヘイデンや使用人さんたちに手を振って外へ出かける。

チャーリーは背が高いので、私と手を繋いでいるとつらいのではないかと思い、一度お小遣いでハーネスというベルトをプレゼントしたんだけど、「これをお嬢様に付けるのですか？　もう手が繋げない？　まだ数年は大丈夫だと思っていたのにそんな馬鹿な……。しかしお嬢様からのご好意、プレゼント……」と見たことのない取り乱しようだったので、やっぱりいいや、と取り消した。

チャーリーは悩んでいたので、「腰とか痛いかと思ったから」と言ったら大喜びで、「鍛えてますから！　ご心配いただきありがとうございます！」と元気になって良かった。

ハーネスも大喜びでもらってくれた。使わないのに変なの。

門のところでも門番さんに「お気をつけて」と笑いかけられ、彼らにも手を振っていってきますをして私たちは本屋さんのある通りに向かって歩き始める。

「本屋さんでねぇ、もしも楽譜が売っていたらママのために楽譜を買いたいなあ」

「それはよろしゅうございますね。きっと奥方様もお喜びになりますよ」

「そうだといいなぁ。でも、これぞ！　っていうのがあったらね！」

せっかくママにもらったお小遣いなので、厳選して買いたいのだ。

もらったお小遣いでお土産を買うと、ママもパパも「自分のために使って良いんだよ」といつも言ってくれるけど、私が欲しいものは言わなくたってパパたちがプレゼントしてくれるから、私もプレゼントでお返ししたいの。

そういえばもうすぐ誕生日だから、何が欲しいかってパパもママも気にしてくれていた

なぁ、と思い出す。

最近は毎日朝・昼・晩と三回は必ず聞かれる。

でも何も思いつかないから、去年と同じで、私と同い年くらいの子たちに何かあげてもらおうかな。

私は次のお誕生日で四歳になるけれど、まだ年の近いお友達は全然いない。

だけど、きっとそのうちお友達もできるだろうし、一二歳になったら学園に通うことになる。

だから、その時にお友達になる子が私のことを好きになってくれるように、去年はパパたちにお願いしたの。

パパもママもなんだかポカンとしていたけど、そのあと「さすが私の天使！」って大号泣し始めちゃって、私が困ってたらヘイデンが「お誕生日に成長されたお嬢様を知れて、旦那様は喜んでらっしゃるんですよ」と彼もなぜか涙目で教えてくれた。

今年もそうしてもらおう。

私は「うん」と小さく頷《うなず》いた。パパたちも喜んでくれるし、未来のお友達もプレゼントがもらえたら嬉しいだろう。

我ながら、去年の私は良いことを思いついたなぁとウキウキした。

第二章　ゲームでは新任教師のチャーリー

俺はジャレット家でフットマンをしているチャーリーだ。

年齢はおそらく一四。

表向きはフットマンだが実際は旦那様からステラお嬢様の警護として雇われている。

そもそも俺は、こんな風に金持ちの家に雇われるような出自の人間じゃない。

親の顔も記憶がないほど幼い時に人売りに売られた俺は、怪しい稼業の男たちに買われて裏の仕事ばかりをしていた。

俺と同じように買われたやつらはみんな捨て駒のように扱われたが、幸い俺は生まれつき体が丈夫で運動も飛び抜けてできたために、その組織の中でも生き残ることができたし、要人の調査や情報収集などの仕事へと回された。

俺が一二歳になったある時、俺が組織から指示されたのは、とある要人を殺すことだった。暗殺だ。

組織のやつらは淡々と仕事をこなして情報を持ち帰る俺を、信用ができるやり手だと判断したらしい。

しかし、俺は人殺しなんて絶対にしたくなかった。

生きていくためには俺が何かされたわけでもない他人を殺さなければいけないのかと、いっそ俺が死んでやろうかとそんなことまで考え、しかし、決行当日が来てしまった。

俺が組織からバディとして付けられたのは、組織でも中堅の四〇代の男。

これまでも組織の利益のために数々の暗殺を実行してきた極悪人であり、実力者だ。

そして、暗殺の対象の人物こそが、このジャレット家の主人、ゲイリー・ジャレットだったのだ。

「いやあ、ステラのために警備を強化したばかりだったが、そのおかげで命拾いしたよ」

俺は彼を目の前に、震えることしかできない。

目の前には標的であるゲイリー・ジャレットその人が立っていた。

傍らには老齢の執事服を着た男。

そして彼らを守るように立つのは、驚異的な強さを持つ全身を黒に包んだ二人組の警備兵だ。

標的であるゲイリー・ジャレットと、その妻のディジョネッタ・ジャレットがいるはずだったこの部屋は、今は俺の取調室と化していた。

静まり返った深夜、自室で寝ている標的を暗殺するため、俺たちは人目につかない廊下の窓へ外側からロープをかけて上り侵入した。

標的の部屋へ行こうとした時、今自分たちが入った窓の隣の窓がガシャンと割れ、何者かが恐ろしい速度で飛び込んできた。

かと思う間もなく、暗闇の中で真っ黒な塊のようなそいつらが、俺たちへ飛びかかるように殴りかかってきたところで俺の意識は途絶えた。

「ステラが驚いて起きてしまったらしい。全く、私の天使を脅かすとは、どうしてくれようか」

冷やかに見下ろしてくるゲイリー・ジャレットから、俺のバディだった男は尋問に抵抗したので処分されたと聞かされた。

俺に話をさせるためにそう説明したのか、もしくは本当にそうなったのか。

そんなことを考えつつも、こんなことをして捕まってしまったのだから、もう俺の人生もおしまいだ。

「何でも話す」

俺に組織に義理立てするような愛着は微塵《みじん》もなく、少しでも助かるべく口を開いた。

拷問などかけられる間もなく知っている情報を洗いざらい吐いたところで、「パパ……？」と随分可愛らしい声が廊下のほうから響いた。

先に調べていた情報では標的のすぐ隣の部屋には彼の娘のステラ・ジャレットが寝ていたはずだ。

心細くなって部屋から出てきてしまったのかもしれない。

「メイドは何をやっている！」

焦ったように部屋の扉を開け廊下へ出たゲイリー・ジャレットは、「ステラ！」と声を出した。

「パパ、ごめんなさい。わたし、パパがしんぱいで」

「そうか、ありがとう、ステラ。私の天使。っあ！　こら！　そちらに行ってはいけない！」

「パパのおへや！」

すぐそばで話し声が聞こえると思っていたら、娘のステラ・ジャレットは父親のゲイリー・ジャレットの部屋の目の前まで来ていたらしい。

ステラ・ジャレットはいたずらのつもりだったのだろう、開いたままの扉からあろうことかこの部屋へ入ってきてしまった。

俺と目が合ったステラ・ジャレットはパアッと目を輝かせた。

月明かりだけに照らされたその部屋の中で、彼女だけが真昼の青空の下にいるように明るい顔をしている。

気づけば恐ろしい黒ずくめの男二人の姿はなく、老齢の執事一人が俺の前に立っているだけだ。

「わたしの!?　わたしのひつじさん!?」

ステラ・ジャレットは俺を見て花開くような笑顔で意味のわからないことを言った。

すぐ後を追いかけ入ってきたゲイリー・ジャレットと、目の前の老齢の執事は苦い顔をしていたのをはっきりと覚えている。

まさか、その一言のおかげで命拾いをした上に、この家に雇われることになるなんて、俺は想像もしていなかった。


それから俺は老齢の執事、執事長のヘイデンさんから教育を受けていた。

あの場で娘を悲しませないようにか咄嗟《とっさ》にゲイリー・ジャレット、旦那様が言った「まだ内緒だったんだけどね」の一言のせいだった。

俺はステラお嬢様付きの使用人になるため、夜な夜な教育をされている最中の使用人見習いということになった。

「ヘイデンみたいな、わたしだけのひつじさんがほしいってずっとおもってたの！　ステラうれしいぃ～パパだいすきぃ～！」

大喜びするステラお嬢様に抱きつかれて目尻を下げに下げた旦那様を見て、もしかしたらもしかするかもしれない、と、その時の俺はすぐさま後ろ手に縛られたまま床に頭を付けて「お嬢様のために立派なひつじになります！」と〝ひつじ〟の意味もわからないままそう叫んだ。

彼女が言いたかったのは〝執事〟であり、あの時の俺の行動によりステラお嬢様が大喜びしたことが、旦那様が俺を取り込むことにする決め手になったのは後に知った。

娘のステラがあれだけ喜んだことを無下にするわけにはいかない、と。

俺の教育は苛烈を極めた。

着る服、住む部屋、食べる食事は比べるまでもなく上等な物になったが、訓練や課される課題は、組織にいた頃が児戯に思えるほど過酷なものばかりだ。

昼は執事長のヘイデンさんが、一体どうやって時間を捻出しているのか驚いてしまうほどの仕事量をこなしながら、鬼のように俺に仕事を叩《たた》き込む。

「趣味でやっている仕事も含まれますので、旦那様から無理な量の仕事を頼まれることはありませんよ」

いつか彼が言っていた意味は徐々にわかってきた。

彼は家の仕事以外にも、ステラお嬢様が興味を持たれた事柄と、それに関わる人物全ての周辺の情報を集め探っているようだった。

少しでも彼女を危険から遠ざけるのだと言っていた時の彼は、年齢不相応な怜悧《れいり》さを持っており、恐ろしくすら思えるほどだった。

夜は夜で体術を中心とした訓練をさせられた。

教育係はあの夜に俺たちをボコボコにした黒ずくめの二人組だ。

彼らは普段は門番としてこの家に雇われているらしく、夜な夜な黒ずくめの格好で警備をしていることは、旦那様とヘイデンさん以外には知られていないらしい。

門番をしている者たちはヘイデンさんの繋がりでこの家に雇われた者らしく、情報を集め、この家を影に日向《ひなた》に守っているらしい。

俺にも同等の強さになってもらうと叩き込まれた体術や、彼らに鍛えられた体は、俺がいた組織のやつらなら手練れが一〇人いようが勝てると思えるほどになったが、この二人にも、ヘイデンさんにも決して勝てるビジョンは浮かばなかった。

教育を受けて心も体も屈服させられた俺だったが、本当の意味でこのジャレット家に仕えたいと思ったのは俺がお守りするステラお嬢様あってのことだ。

今ではあの時、彼女が俺を助けてくれたのも運命なのだと思っている。

教育を受けたからこそわかる。

俺はあの夜ステラお嬢様に出会っていなければ、組織もろとも闇へ葬られていたことだろう。

実際に、あのあと俺がいた組織も、依頼をしていたらしい旦那様の商売敵《がたき》も、その存在ごと消された。

あれから二年が経《た》ち、間もなく四歳になられるステラお嬢様は、今日も俺に笑いかけてくださっている。

俺に毎朝元気な挨拶をし、俺がする一つ一つのことに感謝し笑ってくださる。

どんな時だって、ご家族や俺や使用人のことを大事に考え、時には自分のことよりも優先してくださるお嬢様。

俺の幸せは優しいステラお嬢様の笑顔を守り続けることだと確信している。

今俺は、昔では考えられなかった幸福の中にいるのだ。

一生彼女のためにこの身を尽くすことができる喜びを噛《か》み締め、今日もヘイデンさんと二人、ステラお嬢様の部屋の扉を叩く。

【チャーリー】


二三歳。保健室の養護教諭。

ミステリアスな年上の男性。


（ゲーム「学園のヒロイン」公式ファンブックより）

表の顔は学園の保健医だが、実は裏組織の一員という顔を持っている。

裏組織により一二歳にして富豪一家の暗殺をさせられて以来、完全に心を閉ざして淡々と任務をこなして生きてきた。裏世界でも血の通わない腕利きとして知られている存在。

学園長が裏組織へ依頼を出したことで学園へ潜入することとなり、主人公と出会う。

主人公と接するうちに彼女の明るい人柄に触れ、隠していた暗殺稼業に対しての苦しみ、悩みを解きほぐされていったことで徐々に主人公のために生きようと考え始める。


「どうしました？　怪我でもされましたか？」

「俺は、殺すことでしか生きていけないんです！　この苦しみが、貴方にわかると⁉」

「こんな俺でも、まだ、生きていたい……。生きていたいんだ…………」

第三章　大天使ステラちゃん、はじめてのお友達

本屋さんには虎さんの本の続きは出ていなかった。

ママが夜寝る前に読んでくれる本に出てくる虎さんはとても勇ましく、仲間のうさぎさんのために怖いことにも立ち向かう勇気があってカッコいいのだ。

楽譜の並ぶ棚を見ていたら、それなら楽器を扱っている店のほうが品揃えがいいよと店主のおじさんから教えてもらった。

「ありがとう！　またご本探しに来てもいい？」

「もちろんですよ、ジャレット商会さんにはいつもお世話になっていますからね。それに可愛いお嬢様に見てもらえるなんて嬉しいよ」

店主のおじさんはニコニコしてくれる。

ジャレット商会はパパがやっているお店の名前だ。

パパのお店のことで街の人に喜んでもらえると、褒められたみたいで私も嬉しい！

「ありがとう、おじさん！　また来るね！」

店主のおじさんにお礼を言って、手を振ってお店を出ると、チャーリーが「楽器屋へ行かれますか？」と聞いてくれた。

「うん。楽器屋さんはチャーリーわかる？」

「はい。こちらです」

「チャーリーはすごいねえ！　ありがとう！」

チャーリーはとんでもないです、と言って笑い、道を教えてくれる。

チャーリーは道案内する時も、道順を説明しながら一緒に歩いてくれるので、私もそこに向かってるんだって感じがしてとても楽しい。

前にお勉強の先生と教科書を買いに街へ来た時は、案内してくれる先生に付いていくのに一生懸命になってしまって、気づいたら目的地に着いていたので、私はそのあとからはチャーリーの道案内が好きだなあって思うようになったの。

「きゃっ」

その時、路地で女の子の悲鳴が聞こえた気がした。

そちらを振り向いた私に、チャーリーもそちらを向いて立ち止まると、その路地から男の人が出てきて道を早足で歩いていく。

その男の人のすぐ後を私より少しだけお兄さんの男の子が飛び出してきて、「ぶつかったんだから謝れ！」と叫んだ。

「うるせぇ！　ガキが邪魔な――」

男の人が言い返そうとしたらしい大きな声にびっくりしてそちらを向くと、もう男の人はいなくて、私はそこから声がしたのになと首を傾《かし》げてしまう。

チャーリーが「お嬢様の耳汚しを」と奥歯を嚙みながら何か小声で言っていたけどよくわからなかった。

私は気を取り直して男の子のほうを向くと、男の子は男の人がいたあたりを見ながら呆《あっ》気《け》にとられたような顔をして、まだそこに立っていた。

私はその子に興味がわいたから、チャーリーの手を引いて彼のほうへ近づいてみる。


「誰かケガをしたの？」

突然近づいてきて話しかけた私に男の子はびっくりしたみたいだった。

私の姿を確認すると、隣のチャーリーを見て怯《おび》えるようにする。

「いや、別に、妹がぶつかられただけで……」

男の子は路地へ後ずさりながらだけど、答えてくれた。

この子はとてもボロボロで汚れていて、服も薄くなって破れている。

私の見た目はお金持ちなことがわかるだろうから、距離を置かれてしまうかもしれない。

でも、私はこの子と仲良くなりたかった。

だって今、『妹が』って言っていたし、悲鳴も女の子の悲鳴だった。

私と背も変わらないこの男の子が、大きな男の人に、妹のためにあんなに怒ったんだって思ったら、私はどうしても彼と友達になりたかった。

だってまるでご本に出てくる虎さんみたいなんだもん！

うさぎさんのために怖いものにも立ち向かう、そんな私の大好きな虎さんと彼が似ているように思えたんだもん！

私は勇気を出して男の子へ手を差し出した。

「私とお友達になろうよ！」

「な⁉」

男の子もチャーリーもびっくりしていたけど、男の子が妹がいるから遊びにはいけないと言ったのを聞いて、妹さんとも友達になりたいと言った。

「ポーギー、俺の妹は、病気だから……」

男の子が眉を寄せて俯《うつむ》き、唇を嚙むのを見て、私もたまらなくつらくなってしまって、

「おうちにお医者の先生がいるよ！　大丈夫！　きっと治るよ！」と泣きそうになりながら言った。

「チャーリー、だめかな？」

「お嬢様のお友達のためです、だめなことなんてありませんよ」

チャーリーは握っている私の手をぎゅっと強く握ると、大丈夫と笑顔を向けてくれたの。

そうしていると、親切なおじさんが声をかけてくれて、男の子、ダニーというらしい、

が案内しておじさんが路地から妹さんを連れてきてくれた。

そうしたら、丁度いいタイミングでおうちの若い執事さんが馬車でお迎えに来てくれて、私は親切なおじさんにたくさんお礼を言って、チャーリーとダニーとポーギーと一緒に若い執事さんの運転でおうちに帰ったの。


「風邪がひどくなっていたようですね、数日、薬を飲んでここで安静にしていれば良くなりますよ」

お医者の先生にそう言ってもらえて、私はすごくほっとして笑顔になった。

大喜びしたいけど、すぐそばでポーギーが寝ているから、大きな声は出しちゃダメなのだ。

お医者の先生は我が家の専属のお医者さんで、一度私にお薬や体調管理のお勉強を教えに来てくれた先生だったんだけど、この家で働きたいと言ってくれて我が家の使用人さんの一員になってくれた人だ。

初めて会った時にパパが、勉強のためにとても腕の立つお医者さんを呼び寄せたんだって言っていたので、すごいお医者の先生なのだ。

彼が言うのなら数日で良くなるんだって安心できる。

本当に良かったなあ。

安心したら涙が出てきた。

「なんで泣くんだよ」

ダニーがオロオロとして泣いてしまった私をどうしたらいいのかと、手を彷徨《さまよ》わせてくれているようだ。

どんどん涙が出てきて、目の前のダニーもにじんで見えなくなっちゃう。

「だって、ポーギーしんどそうだったからぁ、良かったなあって」

ポロ、ポロって涙が止まらない。

「そんな、そんなこと言ったら、言ったらなぁ、俺だってポーギーが死んじゃ、死んじゃうんじゃないがど……おお、うおおおんあああ」

ダニーまで泣いてしまった。

「あーん。ダニー、泣いちゃやだあ」

「あああ、おおーん、あああありがとう、ステラありがとうゔう」

「あーん。あーん。あーん」

私はダニーを慰めようとダニーの頭をパパがしてくれるみたいに撫《な》でようとして失敗して、ダニーは椅子に座ったまま俯いて泣きながらお礼を言って、私たちはしばらくそうして泣いてから、「寝ているポーギーさんが起きますからね」とチャーリーに促されて、私はお部屋へ戻ると、お風呂に入った。

部屋着に着替えた私は、少し休んで落ち着いたあと、客間へ向かった。

ダニーはお風呂へ入って客間で待ってくれているらしい。

チャーリーが呼んできてくれたママも一緒だ。

「ステラ、お友達ができたんですって？」

「そうなのママ！　虎さんに似ているのよ！　ダニーはポーギーのために大人の男の人へ立ち向かったの！」

「あら、それは素敵ね。私にも紹介してくれるかしら」

「ママも会ってほしい！」

ママにダニーのことを教えてあげながら、私たちは客間へ着いた。

中には着替えてすっきりとしたダニーがソワソワ、キョロキョロ、としながらソファーに座っていた。

すぐ横にはヘイデンもいる。

「ステラ！　……っ様！」

「ダニーったら、ステラでいいよぅ」

先ほどあんなに泣いてしまったので少し恥ずかしかったけど、ダニーが〝様〟なんて言うからおかしくて、クスクス笑ってしまう。

「お、おお。ステラ」

「あなたがダニーさん？　ステラとお友達になってくれたと聞きました。私はこの子の母です。よろしくお願いします」

「ダ、ダニーです。すみません、お邪魔して。ポーギーのことや、風呂も、こんな服まで……。あの、ジャレット家の人だなんて知らなくて俺、こんなにしていただいて申し訳なくて……」

「いいのよ、ダニーさんもポーギーさんもこの子のお友達ですもの。ポーギーさんが良くなるまで、ステラと一緒にいてやってくださいな」

「そんなにお世話になるわけには……」

「かまいませんよ、主人からも許可が出ていることです」

緊張している様子のダニーに、ママはとっても優しく答えている。

「ダニー、大丈夫だよ、ママもパパもとっても優しいの！　ポーギーが良くなるまで私がおうちを案内してあげる！」

「ステラ、まだ数日はあるのだから、それは明日からにしてはどうかしら？　今日はもうご飯を食べる時間になりますよ」

「え！　もうそんな時間なの！　ママありがとう、そうするねぇ」

さっそくダニーの手を引いておうちの案内をしようと思った私だったけど、色々している間にもうおひさまも沈んでお空が赤くなってきていた。

明日にしよう、と思い直して、私はダニーに声をかける。

「ご飯一緒に食べようね。そのあとはこの部屋で寝る？　お医者の先生のところで寝る？」

「……っ！　もしできるなら、ポーギーのそばがいい！」

「わかったぁ、私もママやパパが体調が悪い時はお医者の先生にお願いして一緒に寝るのよぅ。同じお布団はだめって言われるけど、仕切りの向こうならきっと許してくれるよぅ」

じゃあご飯の前にお医者の先生にお願いに行こうねぇ、とママにお礼を言ってから私はダニーとチャーリーと一緒にお医者の先生のところへ戻った。

お医者の先生はさすがだ。

ちゃんとポーギーのベッドの横に、仕切りとお布団、さらにその横に仕切りと私の専用のベッドとお布団を用意してくれていたの。

「ベッドの数は足りませんでしたが」

そう言うお医者の先生に「ありがとう！　さすがお医者の先生だねぇ。お願いする前にわかっちゃうんだねぇ」とお礼を言った。

もちろん私もポーギーが心配なので、一緒に寝るのだ。

ダニーがびっくりしてベッドと私を何度も交互に見ていた。

ご飯は、料理人さんたちがダニー用にお粥《かゆ》を作ってくれていた。

海鮮のダシを使った、美味しそうな匂いのするお粥だったので、私も主食はお粥にしてもらった。

ダニーは私と同じご飯をいきなり食べたらお腹《なか》が痛くなっちゃうんだって。

ここにいる間に同じおかずも食べられるようになるかもって教えてもらった。

「うまい……。うまい……」

ダニーは海鮮のお粥をとってても気に入ってくれたみたいで、なんだか鼻をすすりながら、じっとお粥を見るようにして大事そうにゆっくり食べて、ちゃんと完食してくれた。

食べている途中で自慢したくなって、私はダニーに言った。

「ダニー、とっても美味しいでしょう？　我が家の料理人さんのご飯は世界一美味しいのよぅ」

私は大いばりだ。

本当に我が家の料理人さんの作るご飯は世界で一番美味しいので、いつも家の人と、たまに来るパパのお客様しか食べないのがとってももったいないと思っていたんだ。

「うん……、うまい……生きてきて一番……、絶対世界一だ……、ありがとう、ステラ……」

やはり食べるのに夢中なようで、ダニーは鼻をすすりながら、ゆっくりゆっくり食べ進めてくれたの。

そばで給仕をしてくれていたメイドさんと、控えてくれていた料理人さんたちに「ほら、ダニーも世界一だって」と笑いかけると、みんなすごく笑顔で「ありがたいお言葉です。ありがとうございますお嬢様」と言ってくれた。

その夜、私は仕切りの向こうからすぅすぅと聞こえるポーギーの寝息を聞きながら、コソコソ声でダニーに話しかけてみたりして、ダニーも「何だよ」と少し楽しそうに返事をしてくれていたが、気づいたら私たちはすっかり寝てしまっていた。

第四章 ゲームでは医者見習いのダニー

「なんで俺たちばかりこんな目にあうんだ」

昼だというのにうす暗い路地の中、俺は隣でへたり込んでしまっている妹のポーギーを見て、何もできない自分が悔しくて、歯がゆくて、ただ拳を握りしめた。

俺たちの親は一年半前に死んでしまった。

元々貧乏だったが、あの頃は住む家もあったし、両親が育てている畑の野菜だってたくさん食べられた。

でも、村で流行《はや》った病気に家族全員がかかり、そして父さんと母さんは死んでしまった。

村でもたくさん人が死んで、俺たち兄妹《きょうだい》はなんとか治ったけれどこれからどうやって生きていくんだと、表の畑を見ていた時に、村長の息子が本当に申し訳ないという顔で声をかけてきた。

元々俺たちが住んでいた家も畑も村の持ち物で、借りてその代金として畑の作物で支払っていたらしい。

俺はまだ五歳になるばかりの頃で、妹のポーギーはその二つ下で、こんな俺たちでは畑の作物で払うどころか、維持もできない。

俺たちが食う分が減れば、その分を他の村人が食べられる。

俺たちは納得した。

俺たちは無力で、そいつの言うことはよくわかったし、問答無用で追い出すことなく、俺たちが、家の物をまとめて村を出るまで猶予もくれ、わずかながら村にほとんどない金銭もくれた。

十分な情けをかけてもらったと今でも思う。

そうして村を出た俺たちは、数日歩いてこのあたりで一番大きな街へ来た。

それからは毎日が生きるために必死だった。

住むところも働くところも見つからず、やっと雨風が少しでもしのげる路地を住所に定めると、あとは誰かに食べ物を恵んでもらうか、頭を下げて回って荷降ろしなどの日雇いの仕事の手伝いをさせてもらってはほんの数日食い繋ぐ金銭を手に入れて生きてきた。

ちょうど一年前の今頃だ、そんな日々に希望が訪れた。

そんな生活を半年ほどしのいでいた俺たちへ、街の役人のような人が訪ねてきて、俺たちの生活を確認すると、布団や防寒に使える二人分の大きな温かい布に二人分の夏と冬の服を一式、それらを仕舞える丈夫なカバンと、しばらく食っていけるだけのお金をくれた。

「ジャレット商会がされている救済措置ですよ。あなた方のような小さな子どもへ必要な物資を配るようにと出資なさいました。孤児院などの子どもたちにもひとりひとり同じような寄付がされています」

そう言ってその人は俺たちへそういった施設を頼るようにと、この街にある二か所の施設を教えてくれたが、俺もポーギーも、村でのことを思い出し、俺たちが行けばそこにいるやつらの食い扶持《ぶち》が減ると思ってしまい頼ることはなかった。


そうしてそれからジャレット商会から与えられた物資に感謝しながら生活してきて一年、俺も日雇いを繰り返したおかげか少しは体力が付いたし、顔見知りになった人が、俺にできる仕事がある日は声をかけてくれるようになったおかげでなんとか暮らしてこられていた。

ポーギーが高熱を出すまでは。

ポーギーが咳《せき》をし始めたのは二〇日は前だったと思う。

熱が高くなり、これまでも俺たちは何度か風邪にかかっていたので、なんとか今回も治ってくれと願いながら数日経ったが、熱も続き、咳はひどくなっていった。

ポーギーは起きている間は咳で朦朧《もうろう》としていて、俺はそんなポーギーを励ますことしかできず、職員に聞いた施設を訪ねようかとも思ったが、嫌がられることはわかるし、ポーギーもそれだけは嫌だと言った。

このままではポーギーが死んでしまうのではないか、どうして俺たちだけがこんな目に、ポーギーがいなくなったら俺は一人になってしまうのか、そんな嫌な思いだけが毎日毎日ぐるぐると頭の中を回り続けた。

ポーギーの咳がひどい。

さすってやっても全く楽にならない。

体を起こしていたほうが息がしやすいと言うので、壁を背もたれにして、布でぐるぐると包むように巻いてやっていると、路地を通り抜けようとしたのだろう、足早に男がこちらへやってきた。

危ないと思った時には、男はポーギーへぶつかっていた。

「きゃっ」

ポーギーがバランスを崩して小さく悲鳴を上げて地面に倒れ、大きく咳《せ》き込む。

「チッ」

男の舌打ちが聞こえたことで、俺の頭は真っ白になった。

ポーギーの体をそっと起こすと、男を猛然と追いかける。

男に追いついた時、男は俺のことなんてなんとも思わない様子で大通りへ出るところだった。

「ぶつかったんだから謝れ！」

声の限り叫んだつもりだったが、俺の声は枯れ、大した声量も出なかった。

悔しい。

こんなに理不尽な目にあっても、俺たちには言い返してやることもできないのか。

悔しい。

悔しい。

男もこたえた様子もなく足早に進みながら顔だけをこちらへ向けた。

「うるせぇ！　ガキが邪魔な――」

邪魔なんだよとでも言おうとしたのだろうか。

叫びかけていた男が俺とは反対側の路地から出てきた黒い何かに引っ張られ、路地へと消えた。

本当に消えてしまったようにしか見えず、何が起きたのかわからないまま呆然《ぼうぜん》と男が吸い込まれた路地を見ていると、

「誰かケガをしたの？」

目の前に女の子と男の人が立っていた。

可愛らしい綺麗《きれい》なワンピースを着た女の子とその様子から、どう見てもお嬢様とその付き人だ。

ヒッと俺は驚きで後ずさって、妹がぶつかられただけだと言うが、そのお嬢様は興味を失うどころか目を輝かせ身を乗り出してきた。

ぐっと決心したように体に力を込めたその子を可愛い子だなと現実逃避するように見て

いると、

「私とお友達になろうよ！」

「な⁉」

思ってもみないことを言われて俺は驚く。

なんでも、自分の好きな絵本に出てくるヒーローに俺が似ているらしい。

妹のために怒るところがカッコ良かったと、こんなに可愛い女の子に言われて顔が熱くなる。

俺とも妹のポーギーとも仲良くなりたい、友達になりたいと力説してくれたその子だが、ポーギーを放ってもいけないし、何よりポーギーもいつ良くなるかもわからないのだ。

妹の病状を思い出して俺の目頭がぐっと熱を持ち始めた時、その子は涙声で家の医者に診せればいいと言い出した。

驚きっぱなしの俺の前で彼女は付き人へ確認を取ると、付き人も俺たちはお嬢様の友人なのだからいいのだと言う。

俺は、夢でも見ているのかと思い始めたが、親切そうなおじさんが話していた俺たちへ何か手伝えるかと声をかけてきてくれて、いよいよこれは都合の良い夢に違いないと思った。

おじさんが俺たちの荷物を持ってポーギーを優しく抱き上げてくれて通りへ運んでくれると、魔法のようにそこには馬車が用意されており、俺たちはあれよあれよという間にステラの家へ連れていかれていた。

信じられない。

状況もロクに飲み込めないまま、俺はお医者の先生の指示の下、メイドの人たちに全身を拭われると、ポーギーは清潔に、と風呂を浴びさせられ着替えさせられて戻ってきた。

俺たちが一度も横になったことのないような真っ白なベッドにふわりと寝かされたポーギーは、お医者の先生に診察を受け、朦朧としながらもサラサラの粥と薬を飲まされてしばらくして咳がおさまって寝始めた。

その間ずっと俺と一緒に様子を見ていたステラは、お医者の先生から何日か休めば良くなると聞いてほっと笑顔になったかと思うと、涙を流し始めた。

あまりに綺麗にポロポロと泣くから、俺はオロオロとどうしていいかわからず、こんなことが本当に現実なのか、死ぬ前に見る美しい夢なんじゃないかと思いながら、気づけば話しながら大泣きしてしまっていた。

村を出た日も、寝る場所が見つからなかった日も、初めての労働をした日も、俺はこんなに大泣きすることなんてなかった。

俺が泣けばポーギーが不安になることがわかっていたし、ポーギーだって俺の心配を増やさないようになるだけ泣くのをこらえていたのを知っている。

そうやって生きてきた俺たちが、こんなに優しい場所で、こんなに優しくされて、ポーギーが無事だったことをこんなに可愛い子が涙を流して喜んでくれる。

もう俺は我慢ができなくて、ステラが頭を撫でようとしてくれて、泣きながらお礼を言うことしかできなかった。

やがてステラが泣き疲れて部屋へ戻り、俺はお医者の先生が用意してくれた白湯《さゆ》を飲んで落ち着いた頃、お医者の先生が色々と教えてくれた。

なんとこの家はあの救済措置をしてくれたジャレット商会を運営しているジャレット家だった。

俺が驚いていると、あの救済措置すら、ステラが自分の誕生日プレゼントの代わりにと商会長である父親に頼んで始めたことらしい。

いつか友達になるかもしれないのだから、と。

なんということだろう。

俺たちがあの温かい布にどれだけ感謝しただろうか。

俺たちに着る物を、食べる物をくれたのはあのステラと、今まさに俺たちがいるこのジャレット家だというのだ。

一年前救われた俺たちは、再びあれ以上の幸運を彼女にもたらされたのだ。

友達になろうと彼女が言ってくれたことを思い出す。

彼女は本当に〝それ〟を実現してみせたのだと、そう思ってからはダメだった。

「ああ、あああ……」

もう一度あたたかい涙を流す俺を見て、お医者の先生は汚いだろう俺の背中を気にすることもなく撫で擦《さす》りながら、「私も彼女のそんなところがたまらなく好きなんだ」と笑ってくれた。

「彼女と友達になってくれるかい？」

「はい。大切な、大切な友達です」

そう泣きながら答えた俺に、ニッコリと笑ったお医者の先生は、「ステラお嬢様のご友人はこの家の大切な客人だ。ポーギー嬢が治るまではゆっくりしておいき」と優しく言ってくれた。

そうして、俺を泊まる部屋へと案内すると言っておじいさんの執事さんが一人やってきて、俺は大きくて綺麗な部屋へ通されると風呂へ入れられた。

執事さんが体を洗ってくれてとても恥ずかしかったけどとても気持ちよくて、本当に夢を見ているだけじゃないかと思う気持ちが胸の大半を占めているほど、この幸運とステラをはじめジャレット家の人々からの優しさが信じられなかった。

ステラがすごく美人な女性と現れて、もこもこの上着を羽織ってうさぎのスリッパを履いたステラが可愛くて少し見惚《みと》れたあと、何と呼んでいいかわからず「ステラ様」と言ったらステラに笑われてしまった。

笑顔がとても可愛くて、俺はステラには泣き顔よりもずっと笑っていてほしいと強く思った。

すごく美人な女性はステラのお母さんで、ステラも将来こんな風になるのかと思わせる美しくて優しい人だった。


俺は食事まで一緒に食べさせてもらった。

たくさんの使用人の人に見守られながらで緊張したけれど、俺のために食べやすいものを用意してくれたと聞いて驚き、そのいい匂いに驚き、口に入れてからはもうその味に夢中だった。

その美味しさを噛み締めながらまた涙が出てきて、ステラが嬉しそうに料理人さんが作るご飯が美味しいのだと説明してくれても、そちらに顔を上げることもできずに「世界一だ」って返しながら、必死に泣いているのがバレないように、ステラが笑顔でいてくれるようにと願っていた。

食事を終えても俺はあの広い部屋へ戻されることはなく、ステラと一緒にポーギーの眠るお医者の先生の処置室へ通してもらえた。

そこには俺のための布団が用意されているだけでなく、ステラのものと思われる可愛らしい白いベッドが置かれていて、ステラは当たり前というように一緒に寝るのだと言った。

お医者の先生がこっそりと「お優しい方なのです」と教えてくれ、俺はステラの底なしの優しさに脱帽し、ステラと友達になれるという〝幸福〟が俺たちに訪れたことを知った。

眠たそうにしながらも、仕切りの向こうからクスクスとおかしそうに声をかけてくるステラが愛らしくて、ポーギーの穏やかな寝息と、ステラの優しいその声を聞きながら俺は幸せの微睡みに落ちていった。

【ダニー】


一五歳。主人公と同い年の秀才。

真面目な同級生。


（ゲーム「学園のヒロイン」公式ファンブックより）

幼い頃に両親と妹を病気で亡くしてしまった悲しい過去がある。

天涯孤独となり、貧民街でひとり暮らしてきた。

貧しさのせいで家族を医者にかからせてやれなかった悔しさから、生きていくために働く一方で医者を目指して猛勉強し、学園へ特待生として入学した。

負けん気が強くて努力家。

成績優秀な主人公をライバル視して成績で争ううちに仲良くなり、その頑張りを認めてくれる主人公に惹《ひ》かれていく。


「今回のテスト、どうだった？」

「俺は絶対医者にならなきゃいけないんだ！　勉強して、勉強して、勉強して、絶対に俺の家族の死は無駄なんかじゃなかったって、証明してやる……！」

「本当は、ひとりぼっちがずっと寂しかった……。家族に、家族にまた会いたいよ……ッ！」

【ポーギー】

ダニーの過去編に出てくる、ダニーの二つ下の妹。

（ゲーム「学園のヒロイン」公式ファンブックより）

病気で両親を亡くしたダニーにとってただ一人残った肉親だった。

心優しく兄を慕う女の子だったが、二人で暮らし始めてからの貧しい生活に衰弱していき、最期は風邪を悪化させた末に亡くなってしまう。

「**お兄ちゃん**……、**だいす、き**…………――」

第五章　大天使ステラちゃん、夢を探す

今日の私はいつもと少しだけ違うので。

私の将来の夢、これからなりたい何かを探しに出かけてみようと思ってる。

今日の私は少しキリリって気合いが入っているのよ。

きっかけはダニーとポーギーがお勉強を始めたから。

私も、二人のように何かなりたいものを見つけて、そうすれば毎日しているお勉強ももっともっと頑張れるんじゃないかって思ったの。


ダニーとポーギーがおうちに来てから数日は、ポーギーはお医者の先生のところでお薬を飲んで寝ていて、私はダニーにおうちの中を案内してあげたりしていたの。

ポーギーはちょっとずつ良くなっていったから本当に良かったなあって思ったよ。

私はお昼はお勉強の先生が来る日が多いから、その間はダニーはどうしてるのって聞いたら、ダニーはお医者の先生にお勉強を教えてもらってるんだって。

ダニーは、ポーギーを元気にしちゃうお医者の先生に憧れちゃったんだね。

お医者の先生はすごいもんね！

ダニーは「俺も立派なお医者さまになって、ステラとジャレット家の皆さんへ恩返しするから！」って言ってくれたの。

将来はお医者の先生みたいになるためにお勉強を頑張るんだって。

ダニーとポーギーが来た日から、夜は毎日お医者の先生のところで三人で一緒に寝ていたの。

ダニーが「今日はこんな勉強をしたんだ」って楽しそうに教えてくれて、私もいつもお勉強はしているけど、ダニーはそれよりもすごいことをしているんだなあと思って「すごいね！」ってポーギーと二人で褒めたりしたんだ。

「お医者の先生すごいもんねぇ、みんなを元気にしちゃう魔法のお手てなんだよ。私も優しいお医者の先生だぁい好き！　憧れちゃうダニーの気持ちわかるなぁ」

私も興奮してそんな風に言っていたら、明かりを消しに来たお医者の先生に聞かれていて、笑われてしまった。

私はちょっとだけ恥ずかしくてお顔が熱くなってしまったんだけど、「私もステラお嬢様がだぁい好きですよ。夜ふかしは体に良くないのでそろそろ寝ましょうね」って。

やっぱりお医者の先生は優しいなあ。

それから何日かしたら、お医者の先生が「家の中で座ってする遊びなら、もう大丈夫ですよ」って言ってくれて、次の日からはポーギーも朝ごはんを一緒に食べて、私がお勉強がない日は一緒にご本を読んだりできるようになったの。

初めて朝ごはんを一緒に食べた日は、ポーギーは「嬉しい」って泣いちゃって、私とダニーでいっぱい抱きしめたんだけど、ポーギーが「ありがとう、ありがとう」って泣くから、つられて三人でたくさん泣いちゃった。

「私もステラさまのためにできることがしたい。勉強でも何でも、たくさん頑張るから」

字の読み方がわからないっていうポーギーに私がご本を読みながら教えてあげたりしていると、ポーギーが私をまっすぐ見てそう言ったの。

私も「ポーギーがしたいことは応援するね！」って答えたら、またポーギーはウルウルと泣きそうになっちゃったの。

どんなことをしたらいいか、アドバイスが欲しかったのかなと思って、

「ポーギーが私のために何かしたいなら、えっと、ずっと一緒にいてくれたら嬉しいなぁ。学園に入っても一緒に通えたらいいねぇ」

そう言ったの。

私は一二歳になって学園に行った時、お友達ができるかずっと心配だったの。

ポーギーは初めての同い年のお友達で、可愛くって優しいから、ずっと一緒にいられたら嬉しいなって思ってたんだ。

「わかった！　ずっと一緒よ」

ポーギーは私のことをぎゅーっと抱きしめてすごく笑顔になってくれて、良かったなあって思った。


そうしていたらある日、朝ごはんの時に、パパが教えてくれたの。

「僕の天使、ステラ。君の友達のダニーとポーギーはこの家にいてくれることになったよ」

「本当!? パパ！ 嬉しいぃ！」

ポーギーが元気になって、とっても嬉しかったけど、もうすぐダニーとポーギーとはお別れなのかもしれないって少し悲しかったの。

でも、パパが言うには、二人もこのおうちに住んで、使用人さんの一員になるんだって！

すっごく嬉しい！

私が二人のほうを見ると、ダニーとポーギーがしっかり見つめ返して頷いてくれた。

ダニーが「これからはステラお嬢様って呼ぶけど、俺たちはずっとステラの友達で、ずっと一緒にいるからな」って言ってくれたの。

「ダニーとポーギーは〝彼〟の養子になる。ダニーは医者になるため、ポーギーはステラ付きの使用人になるためにこれからたくさん勉強するんだよ」

パパが指すほうを見ると、お医者の先生がひらひらと大きな優しい手を振りながら、私へ笑いかけてくれていた。

私はお行儀が悪いとは思ったけど、いても立ってもいられなくなっちゃったの。

フォークもナイフも置いて椅子から下りると、お医者の先生のところに駆けていって彼の脚にぎゅーって抱きついちゃった。

「お医者の先生は二人のパパになってくれるの？　お医者の先生ありがとう！」

二人がまたあの路地に戻っちゃうんだと思っていたから、私は優しいお医者の先生が二人の家族になってくれるって知ってすごくすごく嬉しかった。

お医者の先生は私をひょいって抱えてくれて、ダニーとポーギーのところに歩いていくと、二人を順番に撫でて言ってくれた。

「彼らとは、同じ人のことを大好きになりました。気が合うんです。きっといい家族になれると思いましてね」

教えてくれるお医者の先生はとっても優しいお顔で、ダニーもポーギーもとっても幸せそうに笑っているから、私はなんだか嬉しくて涙が出ちゃった。

「ステラお嬢様、笑ってくれよ」

「あなたの笑顔が好きよ」

お医者の先生に抱っこされたまま、ダニーとポーギーにそう言われて、私は「幸せだねえ」って言って、嬉しくて、ちゃんと笑顔になれたの。

二人はやりたいことを見つけて頑張ってる。

今日は久しぶりにお勉強がない日だから、私のやりたいことを見つけるのにいい日かもしれないと思った。

「ねぇ、チャーリー。私は、パパが連れてきてくれた先生にいつもお勉強なんかを教えてもらっているけれど、お勉強をしたことを使ってどんな風になるかを考えたことがなかったなぁって思うの」

「さすがお嬢様、ご自分でそう気づかれたのですね。皆がそれに気づけるわけではないんですよ」

朝起きて、いつもみたいにチャーリーとお洋服を一緒に選びながら相談してみたら、チャーリーは「まだ考えなくてもいいとも思いますが、少し意識してみるだけでも何かと出会えるかもしれませんね」と言ってくれた。

これまではどこにお出かけしていても、将来こんなことがしたいのかも、なんて考えてもいなかったから、意識するだけでもやりたいことが見つかるかもしれないんだって。

「チャーリーありがとう。さすがチャーリーは私だけの〝ひつじ〟さんね」

「はい、ステラお嬢様。私は貴方様だけの立派な〝ひつじ〟になりますから」

チャーリーは私が物心ついた頃にはそばで働いてくれていて、その頃からずっと私の〝ひつじ〟さんになるために頑張るって言ってくれているの。

ひつじの意味はわからないけど、ひつじさんのことを話す時のチャーリーはとても誇らしそうに言ってくれるので、私もチャーリーが立派な私のひつじさんになってくれたら嬉しいなって思うの。

「チャーリーもやりたいことがあるのねぇ。いいなあ」

「ステラお嬢様のおかげですよ」

チャーリーがにこにこ笑ってくれて、私もにこにこ笑顔になった。

今日チャーリーが「こちらはどうですか？」と選んでくれたのは優しい白い色のブラウスと、ピンクのスカートで、なかなか可愛くていいかもなあと思っていたら、「フリルの白い靴下とリボンの靴はこれにも合うかと思いまして」と、お気に入りの緑のワンピースといつも組み合わせている靴下とお靴を持ってきてくれた。

「とっても可愛いぃ！　さすがチャーリーね！」

ピッタリな組み合わせを見て私は嬉しくなって、早くご飯を食べてチャーリーとお出かけがしたくなったの。

みんなと朝ごはんを食べて、今日はご飯を食べるお店や、可愛い小物のお店がたくさん集まっている中央の広場へお出かけすることにしたの。

お見送りしてくれるヘイデンや使用人さんたち、その中には使用人のお仕着せに着替えたダニーとポーギーもいて、みんなに「行ってきます！」ってご挨拶して手を振って出かける。

今日は門番さんのところに庭師のおじいちゃんもいて、「将来の夢を探してくるの！」って教えてあげた。

みんなとっても笑顔になってくれて、「いい夢が見つかりますように」「お気をつけて」

「わしらはみんなステラ様の夢を応援しますよ」と声をかけてくれた。

私は嬉しくなって「行ってきます！」って大きく手を振って出かけたの。

チャーリーと手を繋いで広場まで歩く。

「いつものお靴なのに、全然違うお靴みたいね！」

私は今日も歩きたくって、チャーリーとここまで馬車は使わずに歩いてきた。

「旦那様がプレゼントされた靴は素敵ですから。もしかしたら他のお洋服ともぴったり合うかもしれませんね」

「そうね！　さすがチャーリー！　そうなの、パパがプレゼントしてくれたこのお靴がとっても素敵なの！」

パパとプレゼントの靴を褒めてもらえたのが嬉しくって、私はチャーリーにはしゃいで答えちゃう。

はしゃぎすぎたかな、と思ったけれど、チャーリーが笑ってくれたから良かった。

小物屋さんで「こんなに可愛い物を作る人はすごい」、食べ物屋さんで「おうちの料理人さんも、お店の料理人さんも美味しいものを作れてすごい」、お花屋さんで「お花をこんなにたくさん咲かせてしまえるなんてすごい」と、私がお仕事をする人たちみんなに尊敬の気持ちを持ってしまって、私は何ならできるだろうかと悩んでいた時、その声は聞こえた。

「そんなの弱い者いじめだぞ！」

「そうだそうだ」

「なぜだ⁉　みんなで強くなって騎士になりたいって、みんなでなろうって言ったじゃないか⁉」

数人の男の子の声だ。

私は「弱い者いじめ」って言葉にびっくりしたけど、「みんなで騎士になる」って言葉が気になって、チャーリーにそっちに行こうって言ったの。

私たちが見える場所まで着いた時、広場の噴水の向こう側にいたのは、小さい子が持つ模擬剣を手に下げて俯いた一人の男の子だけだった。

ダニーと同じくらいか少しお兄さんかな、七歳くらいかなと思う。

短く刈った髪で短いズボンをはいていて活発そうな子なのに、今は元気がなくてショボリして見える。

「みんな騎士になりたいって、強くなるって言ったじゃないか……」

少し離れた場所でも彼がそう独り言を言ったのが聞こえてきた。

先ほど騎士になると言っていたのはこの子かな。

「チャーリー、あの子とお話してみたいのだけど」

私は、彼の持つ模擬剣を見て、運動や訓練をしている人のそばには危ないから近寄ってはいけないと言われていたことを思い出して、チャーリーに確認してみた。

「では、お呼びしてみましょう」

チャーリーは頷いてくれ、その子のほうをじっと見始める。

すると、不思議なことにその子が顔を上げて勢いよくこちらを振り向いたの。

しかもさっきまでは下げるように垂らされてた模擬剣も、こっちに構えられてる。

私はびっくりしてしまった。

「そちらの少年、君は随分筋が良さそうですね。強くなるための標《しるべ》が欲しくはありませんか？　……どうぞこちらへ来てください。お嬢様がお呼びです」

なんだか思っていたのとは違う声のかけ方だなぁと思う。

変なチャーリー、と思ってチャーリーを見ていると、男の子がそばまで来てくれていた。

「な、何だ」

「お嬢様があなたとお話がしたいそうです」

「こんにちは！　私はステラ。ステラ・ジャレットっていうのよ。あなたのお名前は？」

私はすかさず元気にご挨拶する。

はじめましてのご挨拶は大切なのだ。

元気にご挨拶すると、明るい気持ちになってもっと元気が出るような気がするの。

「オレ……オレはマルクス・ミラーだ」

ちょっとびっくりしたみたいだったけど、男の子はマルクスってお名前を教えてくれた。

「マルクスは騎士さまになるの？」

「そ！　そうだ！　オレは騎士になりたいんだ！」

騎士になるって言うマルクスはすっごく元気で、誇らしげだった。

「いいなあ！　とってもいいね！　あのね、あのね、私、将来なりたいものを探しているところなの。マルクスはどうして騎士さまになりたいなあって思ったの？」

「どうして？　どうしてって……」

そう言ったっきりマルクスは黙ってしまった。

どうしたんだろう。


「それで、父ちゃんがお前も騎士になるんだって言って、父ちゃんは立派で格好いいんだ」

「そうなんだねえ」

それからマルクスは少しずつお話をして教えてくれたの。

チャーリーが「そろそろお昼時ですので、座ってお弁当を食べながらお話されるのはいかがですか?」と言って、木陰のベンチに連れていってくれた。

今はおうちの料理人さんが作ってくれたお弁当をみんなで食べながらお話をしているところ。

ベンチの周りは人が少なくて、気持ちのいい風が吹いていて、葉っぱがかさかさっているのも素敵で、チャーリーはベンチを選ぶのも上手だなぁって思って「素敵な場所を用意してくれてありがとう!」ってお礼を言ったのよ。

マルクスのパパは国の騎士隊長のフリューゲル・ミラーさんなんだって。

マルクスもフリューゲルさんみたいになりたくて、私より小さい頃からずっと訓練をしているんだけど、一緒に騎士になるって約束していたお友達がみんな訓練をしなくなってしまって悔しいんだって。

「マルクスの将来の夢はなぁに?」

「だ! だから騎士になるんだ!」

「騎士になってどんなことをするの?」

「!?」

私が聞いたら、マルクスはまた黙っちゃった。

マルクスは時々こうやってびっくりして考え込むクセがあるみたいなの。

私の夢探しのために、参考になるお話が聞けたら嬉しいなあ。

今日はとってもポカポカでいいお天気だから、こうやってお外でお弁当を食べるのは美味しいねぇってチャーリーとお話する。

こんなに美味しいお弁当を朝から準備してくれた料理人さんに、帰ったらお礼を言おうとお話していると、マルクスが話し始めてくれた。

「お前はジャレット商会のお嬢様じゃないのか？　お前はジャレット商会を継ぐんだろう……？」

マルクスはなぜだか少し嫌そうに、そしてなぜか恐る恐る聞いてきたの。

「そうだよ。私か、私の旦那さんがジャレット商会の新しい店長さんになるんだよ。毎日そのためのお勉強をしているの。でも、ジャレット商会の新しい店長さんになってから何をしたいかが決まらないの」

「どういう意味だ？」

マルクスが本当に不思議そうに聞くから、私は「変なの」って笑って、教えてあげたの。

「店長さんになったって、何でもできるでしょう。私はどんなことをする店長さんになるか考え中なのよぅ」

私がクスクス笑っていると、マルクスが目を見開いてこちらを見て、なんだかすっごくびっくりしたお顔をしたの。

第六章　大天使ステラちゃん、同志を見つける

「どんなことをするか……？」

本当にびっくりしたみたいにマルクスが言うから、私はもしかしてマルクスも私と同じで将来の夢を見つけていないのかもって思ったの。

「あのね、わたしのパパってとっても素敵なの。私や家族や使用人さんのことも大切に思ってくれていて、パパのお店はパパの宝物なのよ」

私はパパの話を始めたら楽しくなってきて、マルクスに聞いてもらおうっていっぱい話してしまう。

マルクスもフリューゲルさんのこと大好きみたいだから、きっとこの気持ちをわかってくれると思うの！

「私もパパが大切にしているお店をもっともっと立派にしたいなって思ってるの。マルクスもパパが大切にしているのと同じお仕事をしたい気持ちはわかってくれるでしょう？」

マルクスは強く頷いてくれた。

やっぱり！

「それでね、それでね、パパは店長さんとして頑張って働いて、そして私やママたちを幸

せにしたいんだっていつも言ってくれるの。そのためにお店をもっと大きくして、私たちの周りの街の人みんなが笑っていられるようにするのが夢なんだって言ってたの」

私が「素敵な夢でしょう?」とマルクスに言うと、マルクスは「だから孤児たちに支援を……」って、真剣な顔をして聞いてくれている。

「私もね、どんな夢を叶えるために頑張ろうかなって、夢を探しているところなのよ」

「そうか……。そうだな……」

マルクスはそう言ってまた黙っちゃった。

私ばっかりたくさんお話しちゃったかなって少し心配。

ダニーもポーギーも私がお話するととっても嬉しそうに聞いてくれるから、二人にするみたいに思っちゃって話しすぎちゃったかもって反省する。

モグモグってまたお弁当を食べて、マルクスもお弁当を食べてくれて、「美味しいな」って少し笑ってくれたの。

さっきまでは難しいお顔で食べていたから、今食べた卵焼きはマルクスの好きな物だったのかな?

私は卵焼きも唐揚げもサラダも、料理人さんの作ってくれるお弁当はぜーんぶ大好き!

「なあ、オレもなりたいもの、まだ決まってなかったみたいだ」

「！　マルクスもそうだったんだね！　一緒だねえ」

「ああ。お前、いや、ステラは、どうやって夢を見つけるんだ?」

「チャーリーがね、教えてくれたんだけどねぇ――」

そうして私は、私と同じくなりたいものを探している最中だったマルクスと仲良くなった。

お話しているうちに、マルクスは、騎士さまが強くって格好いいことはわかるけど、どんなお仕事なのか知らないって言うからびっくりしてしまった。

「私は勉強する時いつもパパが『この勉強はこんな仕事をする時に使うんだよ』って教えてくれるよ」

「そうなのか。オレ、父ちゃんがどんな仕事をしてるのか、偉い人を護衛しているのをお祭りの時に見るくらいで……。知らないんだ……。強くなれって、騎士になれって言われているのに」

少し悲しげになってしまったマルクスに、夢を探す同志として放っておけなくなっちゃった。

「マルクスは、とっても頑張ったんだね！　私きっと、このお勉強は何の役に立つのか、がわかんなかったら、毎日するお勉強が嫌になっていたと思うよ。わからないけど頑張ってたマルクスはえらいねえ」

そうして私は「騎士さまのお仕事がどんな風かわかったらきっと訓練も楽しくなるよ」と笑った。

マルクスも「そうかもしれないな」ってちょっとすっきりした顔をしてくれていて、最初の落ち込んでいた雰囲気はなくなっていたから、「お腹がいっぱいになったら元気が出るよ！」って最後の一個だった唐揚げを食べさせてあげたの。

●　◆　●

私は、今日、パパやママと一緒にマルクスとマルクスのパパとママをおうちにお招きして会うことになっているの。

マルクスに会った日、マルクスとまた会おうねって約束をして家に帰った私は、マルクスと会った話をパパとママにしたの。

そうしたら、パパとママがじゃあご家族も呼んで一緒にお茶でもしたいねって言ってくれたの。

私の大好きなパパとママをマルクスに会わせられるのも、マルクスがあんなに自慢していたマルクスのパパのフリューゲルさんと会えるのも嬉しくって、私はすっごく嬉しくなっちゃった。

今日はママとお揃いの青と白のシンプルなドレスを着せてもらった。

ドレスは一人じゃ着られないから、女性の使用人さんがやってくれるんだけど、その中にポーギーがいて、お仕事中だからおしゃべりはできなかったけど私が笑いかけたらポーギーもニコって嬉しそうに返してくれたの。

ドレスを着られた時ポーギーが「お似合いです、ステラ様」って言ってくれて、我慢できなくって抱きついちゃった。

女性の使用人さんたちに「ポーギーのことよろしくねえ」って言ったら、「もちろんです。我々は大切な同志ですので」って言ってくれて、ポーギーにも仲間ができたんだなぁって嬉しかったの。

パパも今日は私たちのドレスと同じ生地の白と青のハンカチーフを胸にさしていて、「お揃いね！　うれしいぃ」ってパパとママにも抱きついちゃった。

パパがママをエスコートして、私はチャーリーにエスコートしてもらってお庭に行くと、そこにはご本の中みたいなとっても素敵なテーブルセットが用意されていたの。

「素敵〜っ！」

私は控えてくれているおめかしした庭師のおじいちゃんたちや使用人さんやヘイデンに「ありがとう！　とっても素敵ねぇ！」ってお礼をたくさん言って回っちゃった。

でもそれくらい可愛くて素敵だったのよ。

今日はきっと素敵なお茶会になるねってパパとママとお話していたら、マルクスたちが到着したってチャーリーに教えてもらった。

本当は若い執事さんがご案内してきてくれるまで、お庭で待ってなきゃいけなかったんだけど、待ちきれなくってチャーリーと一緒に馬車が到着した門の近くまでお迎えに行ったの。

「おや、これはレディ」

若い執事さんに案内されてマルクスと一緒に現れたのは、パパより少し年上のハットを被った大きな男の人と、ドレスを着たとても儚《はかな》げで少し寂しそうな女性だった。

「こんにちは！　私はステラ・ジャレットです」

元気よくご挨拶して、作法の先生に習ったドレスの時の礼をする。

チャーリーもシャンと伸びた背で腰を曲げて礼をしているのが様になっていて格好いい。

「これは素敵なご挨拶をありがとう。フリューゲル・ミラーだ。それに息子のマルクスと妻のピアーニ」

その場で立ち止まり、帽子を脱いで胸に当て、フリューゲルさんは挨拶とそれぞれ紹介をしてくれる。

「ようこそいらっしゃいました。さあ、ここからは我々がご案内いたします。本日は形式ばったお茶会ではなく、庭で花を見ながらお茶とお話を楽しんでいただければと思っております」

「これはどうも。お手紙をいただいた時から楽しいお茶会になりそうだと、楽しみにしていたんですよ」

チャーリーが若い執事さんへ合図して案内役を交代したのを見て、私は「チャーリーは案内役だから、じゃあマルクスにエスコートしてもらいたいなぁ！」とマルクスへ駆け寄った。

「あらあら」

マルクスのママのピアーニさんは少しびっくりしたようだったけど、マルクスが慌ててエスコートの腕の形を取ろうとして「こうか？　いやこうだったか？」とやっているのを見て、少しだけ笑ってエスコートの形を作るのを手伝ってくれた。


「私たちはね、素敵なお父様のお仕事のお話がたくさん聞きたい同志なの！」

お茶会が始まってお互いの紹介を終えたあと、みんなが一口ずつお茶を飲んだのを確認した私は、早速本題を切り出したの。

今日は作法の先生に教えてもらったとおり、パパのことは「お父様」って呼ぶのよ。

私の発言に私のパパとママはにへらっと笑ってくれ、フリューゲルさんとピアーニさんはびっくりした顔をしている。

私の言葉に続いたのは決意をしたって顔をしたマルクスだった。

「父さ……んん、父上。私はこれまで父上のような騎士になるべく、毎日鍛錬し、友人と切磋琢磨《せっさたくま》してきました。しかし、それだけでは駄目なのだと、彼女、ステラさんに教えられたのです」

私、そんなことを言ったかなあ、と思ったけど、確かに夢があったほうが頑張れるもんねって話をしたねって納得した。

パパとママが嬉しそうに私を見ていて、フリューゲルさんとピアーニさんはマルクスと私を交互に見ている。

私は「ステラは私ですよ」ってわかるようにニコニコ笑って胸元で手を振ってみた。

ピアーニさんがそれを見て少し笑顔になってくれた。

笑ったピアーニさんは可愛くって、もっと笑顔でいたらいいのにと思っちゃった。

「オレ、いや、私は、実は騎士が何たるかを全く……、知らないのです」

続けたマルクスの言葉に、フリューゲルさんとピアーニさんの目が徐々に見開かれていく。

「全くとは……、いや、そうか、そうだな。お前は、私が仕事をしているところを見ることはない……。しかし、いやまさか……。ではこれまでオレは……」

フリューゲルさんはぽつり、ぽつりと言葉を漏らしたかと思うと、愕然《がくぜん》という顔で動きを止めてしまった。

ピアーニさんはオロオロとそんなフリューゲルさんに手を添え覗《のぞ》き込んでいる。

「……お前が止めるはずだな、ピアーニ。オレは何を……」

フリューゲルさんがすごく困ったって顔でピアーニさんを見ると、ピアーニさんはフルフルと首を振り、突然目を潤ませ始めてしまった。

私はなんだか勘違いされちゃって、フリューゲルさんやピアーニさんを悲しませているんじゃないかって心配になって慌てて続きを話したの。

「あの！　だから！　今日はパパたちのお仕事あっ間違えちゃった、お父様たちのお仕事を聞きたいなあって……。ね、マルクス！」

「そう！　そうなんだ！　オレ父ちゃんと同じ騎士になりたいよ！　教えてくれよ、騎士って、騎士隊長ってどんな仕事をするんだ？」

今にもうなだれてしまいそうだったフリューゲルさんと、泣いてしまいそうだったピアーニさんは、ふたりとも目をパチクリとすると、私たち二人のほうを見た。

私とマルクスがドキドキと返事を待っていると、すっと話し始めてくれたのは私の大好きなパパだった。

「まずは私の仕事の話を聞いていただけますか？　私も多くの従業員を抱える取締役として、誇りを持って仕事をしている。マルクス君がお父上のように騎士隊長になって隊員たちをまとめる時に、なりたいと思い描く姿に少しは重なる部分があるかもしれない」

そして、「もちろん可愛い私の娘の将来こうなりたいという夢の参考になったら嬉しいよ」と、とびきりの笑顔を向けてくれた。

そう！　そうなの！　さすがパパ！　パパ大好き！

私のパパへの大好きメーターがふり切れそうになっちゃう。

フリューゲルさんは少し呆然としていたけど、「……なるほど、そうか。なりたい姿、か」と納得したようにこぼしてからは落ち着いたようで、ピアーニさんの肩をぐっと抱き寄せるとパパが始めたお話を興味深そうに聞いてくれた。

「――ですので、私はこうした事業へ利益の一部を投資することで、いずれは商会規模の拡大に繋がり、地元産業の活性化と雇用を同時に促進することができると考えています。私は商会だけでなく街全体を豊かにすることで、私の大切な家族の幸せを増やしていきたいんですよ」

「素晴らしい！　ゲイリーさんのされている出資にそのような意図が……。いやはや、自分の浅慮を恥じてしまうばかりです。ジャレット家の成功は、成るべくして成ったのだと思い知らされましたよ」

パパは、今日のお茶会に用意したお茶や茶菓子を手配した街のお茶屋さんやお菓子屋さんとの取引のことから話し始め、そこから普段やっている具体的な仕事やその目的を私やマルクスにもわかりやすく説明してくれた。

その後はフリューゲルさんが興味津々で色んな質問をし始めたのをきっかけに、パパの夢の話になって、途中で難しくて私にはわからなくなってしまったけれど、パパがキラキラとお話してくれていてとても楽しそうだなって思っていたの。

「お前の父親もすごい人なんだなっ！」

マルクスが輝いた目でこちらを見てくれる。

「そうなの！　とっても素敵なパパなのよ！　マルクスがわかってくれて嬉しいなぁ。ねえ、フリューゲルさんのお話も聞かせてほしいなあって思うんだけど」

「お、オレも聞きたい……っ！」

「フフ、子どもたちも次は隊長殿のお話が聞きたいそうですよ」

「あなた……」

パパがすかさずフリューゲルさんにバトンタッチしてくれ、来た時は儚い雰囲気だったピアーニさんも元気が出てきたみたいで、キラキラのお目々でフリューゲルさんのお話を促してくれる。

きっと素敵なお庭とお茶に、パパのお話を楽しんでくれて、元気を出してくれたのかな？　良かったなあ。

「オレ、いや、私ですか……。お恥ずかしながら、あまり普段から自分の仕事を難しく考えたことがなく、上手《うま》く話せるかわかりませんが……」

そう言ってから、「いや、こんなことを言って避けてきたせいで、マルクスには手段ばかりを押しつけてしまっていたのだから。今日は、拙《つたな》いかもしれませんが、お聞きくだされ」

と言って話し始めてくれた。

騎士隊長さんって、王様や偉い人を守ってくれている人の中でも、一番強くて偉い人なんだってパパたちに教えてもらったから、どんな話が聞けるのかとっても楽しみにしていたの。

マルクスも絶対聞き逃すもんかって感じで、フンフンって鼻息荒く目をランランとさせてる。

私もパパのお話聞いてた時きっとそんなお顔になってたのねっておかしくなっちゃった。

「――そうやって、王や上層部の安全を守ることは、市井の治安と安全を守ることでもある。彼らが集中して政治を行うことで、家族が暮らすこの国の暮らしは安全であり続けられるのだから。だから、私の夢もゲイリーさんのお話に似てるかもしれませんな」

「ウォオオ！　父ちゃんカッケーッ!!」

マルクスは大興奮で、そんなマルクスを見てフリューゲルさんは目元を緩めて少し照れくさそうにしてる。

パパよりも固い話し方で、途中までたどたどしかったけれど、フリューゲルさんのしてくれたお話はとっても面白かった。

話し終わったフリューゲルさんはすごくすっきりした表情で、ピアーニさんも感動しちゃったみたいにフリューゲルさんをポーって見つめてた。

ほっぺが赤くなったピアーニさんは、門にお迎えに行った時見たよりもずっと美人さんに見えるなあって思ったの。

騎士さんの仕事は悪い人を倒すことかなって思ってたけど、騎士さまのお仕事の本分は〝守ること〟なんだって！

まずは、危ないことが起きないように予防すること。それから、悪い人がどうして事件を起こしたのか調べること。守るために作戦を考えたり、お祭りの流れや偉い人が通る道もたくさん調べて勉強して、やっと決められるんだって。

マルクスは「剣が強いだけじゃダメじゃん！」と途中かなり取り乱してから、「母ちゃんの言ったとおりだった！　ごめんなさい！」とピアーニさんにすごく申し訳なさそうにしていた。

作戦を立てたり、そのとおりにたくさんの部下を動かすっていう話のところは、パパの話とも重なっているところがたくさんあって、私も「とっても参考になるなあ！」ってマジマジと聞いちゃった。

フリューゲルさんが「部下の心を摑《つか》むためにも、ひとりひとりの話を聞いて寄り添う時間を持つのも騎士隊長としての仕事だ」って話してる時は、マルクスは何か心当たりがあるみたいに、グッて両手の拳を握っていた。

それが痛そうだったから、私がテーブルの下でそっとその拳を撫でてほどいていたら、マ

ルクスが「ありがとう」って眉毛を下げて笑ったの。

元気がなさそうだったから、「これ好きでしょ！　笑顔になるよ」って、料理人さんに頼んでお茶菓子と一緒に出してもらっていた『お弁当の卵焼き』を取って食べさせてあげたら、元気が出たみたいで涙が出るほど笑ってくれた。

今回のお茶会は大成功！

みんな口々に楽しくお話して、気づいたら夕暮れになっていて、「こんなに有意義な時間を持てたのは久しぶりです」って、フリューゲルさんはマルクスとピアーニさんを両腕に抱っこする時みたいにぎゅって抱き寄せながら三人仲良く馬車に乗って帰っていった。

私たちも家族三人で門までお見送りに行って、馬車に乗る時にマルクスが「オレはこの国と、ステラを守れる立派な騎士になるから！　訓練も勉強もあいつらとのことも、頑張るから！」って言ってくれてとっても嬉しかったなあ。

その日、寝る前の挨拶をしに来てくれたパパとママは「ステラはゆっくり大きくなればいいんだよ」って私が眠るまで頭を撫でてそばにいてくれて、とっても安心して眠れたんだ。

第七章 ゲームでは見習い騎士のマルクス

強くならなきゃって思ってた。

父ちゃんみたいな騎士になるために。

強く、強くならなくちゃって。

オレの父ちゃんは国で一番強い騎士。

騎士隊長のフリューゲル・ミラーがオレの父ちゃんだ。

オレはそれがすごく誇らしくて、父ちゃんのことが大好きだ。

オレは今七歳。

オレの一番古い記憶は三歳の時母ちゃんに連れてってもらったお祭りで、もう日も落ちた時間に、大通りを進むきらびやかに装飾されたでかい軍馬とでかくて豪華な馬車、それを取り囲むごつごつと装飾の付いた式典用の騎士服を着た大勢の騎士たち。

そして、先頭のひときわ大きい馬車の上に据えつけられたお立ち台に立って号令を飛ばしている父ちゃんの姿。

点々と明かりが灯《とも》された薄暗い大通りを、灯《あか》りを持って進む騎士たちの服や馬車の装飾がシャンシャンと涼やかに鳴っていて、ぼんやりと光るようなでかい馬車の迫力がすごくて、道端に集まった行進を見に来た人々のざわめきと、その中でも遠く響く力強い父ちゃんの号令の声。

薄暗い中なのに、父ちゃんの特別な白い騎士服が赤い灯りを反射するようで眩《まぶ》しくて、父ちゃんの騎士服についた武勲を示す幾つもの褒章が、号令を飛ばすたびにその胸で暴れる様を、オレはきっと一生忘れないだろうなと思う。

その時からオレは、自分も父ちゃんみたいな騎士に絶対なるんだって決めたんだ。


「なんで母ちゃんはわかってくれないんだよ！」

「マルクス！」

今日も母ちゃんと喧嘩《けんか》してしまった。

母ちゃんは、最近あまり父ちゃんの仕事をよく思っていない気がする。

父ちゃんは騎士隊長の仕事が忙しくて、オレに訓練をつけてくれるのも週に一度あるかないか。

それも朝の食事の前に少しだけだ。

忙しくて帰ってこられない日もあるし、休みの日に突然仕事に行かないといけなくなることもある。

それだって構わない。

強くなるためには毎日訓練して、鍛錬しなければいけない。

同年と比べれば体の大きいオレだって、まだ七歳の子どもだ。

体を作って技を身に付けるためには、父ちゃんに訓練をつけてもらう以外にもできることはたくさんある。

母ちゃんは最近は毎日のように勉強もしたほうがいいだとか、休むことも友達と遊ぶことも大切だって言ってくるけれど、母ちゃんはオレが父ちゃんと同じ騎士になるのに反対なんじゃないかと思ってしまう。

母ちゃんは、父ちゃんが訓練をつけてくれる時でさえ「もっとマルクスには剣術より他に伝えなければいけないことがある」って、父ちゃんに文句を言うことが増えてきた。

昔は、母ちゃんはいつもオレに父ちゃんの格好いいところを話してくれていたはずなのに、最近はオレも母ちゃんを避けてしまっているからか家族全体がギクシャクしているような居心地の悪さを感じていた。

「今日も剣の訓練をしよう」

「またかよ!?」

オレが、模擬剣を持って噴水広場に着いてそう言うと、そこに集まっていた友達全員が嫌そうな顔をする。

「お前、訓練って言っていつも俺たちを叩きのめすばっかりじゃないか」

「だいたい剣ばっかり毎日毎日、飽きたんだよ」

こいつらも、昔は騎士になりたいって言って集まって仲良くなったやつらだったのに、最近はすぐに訓練も鍛錬も嫌がって逃げ出してしまう。

「強くならなきゃ騎士になれないんだぞ！」

「そりゃそうかもしれないけどな！　俺たちはお前と違って父ちゃんに訓練なんかつけてもらってないんだよ！」

一人が言った言葉にカチンとくる。

オレの父ちゃんは騎士隊長だけど、努力してるのはオレ自身だし、訓練だってたまにしかつけてもらっていない。

だいたい父ちゃんは無口なほうで、たまに夕食の時間に間に合ってもオレが一方的に話をするばかりになることが多いのに。

「お前らが訓練も鍛錬もサボっているだけじゃないか！」

「騎士騎士って！　お前は体鍛えてるだけじゃないか！」

言い争いがしたいわけじゃないのに、一緒に騎士を目指したいだけなのに、最近はいつもこうなってしまう。

「お前が訓練だって言って俺たちにやってるのなんてなあ！　そんなの弱い者いじめだぞ！」

「そうだ！」

「そうだ！」

愕然とする。

『騎士』と『弱い者いじめ』なんて、対極にあるような言葉を吐かれ衝撃に一瞬固まってしまう。

違う、オレは、オレたちは騎士になりたかったんじゃないのか⁉

「なぜだ⁉　みんなで強くなって騎士になりたいって、みんなでなろうって言ったじゃないか⁉」

オレは大きく叫ぶが、「お前の言うこと、無茶苦茶だよ」と一人が「行こうぜ」と言い、みんな去っていってしまった。

どうしてこうなるんだ。

どうしてみんな騎士になるのを諦めてしまう？

どうして母ちゃんもみんなもわかってくれないんだ。

オレはこんなに頑張っているのに。

強くなるために。騎士になるために。


しばらくそうして落ち込んでいたオレは、突然、肌を焼くような殺気を感じてそちらを振り返った。

混乱しながらも、体は訓練している形のとおりに構えの姿勢を取る。

ドッ　ドッ　ドッ　ドッ

心臓がうるさい。落ち着け。落ち着け。

キョロリと殺気が放たれた方向を見渡すと、そこには清楚《せいそ》なお嬢様然とした小さな少女と、その付き人だろう背の高いにこやかな少年がいた。

少女は剣を構えたオレにびっくりしており、隣の少年を見上げている。

「そちらの少年、君は随分筋が良さそうですね。強くなるための標が欲しくはありませんか？　……どうぞこちらへ来てください。お嬢様がお呼びです」

先ほどの殺気はこの少年のものらしい。

オレは試されたということだろうか。

強敵、もしくは高め合える存在になるかもしれないと少し浮き立つ気持ちで、鼓動が静まるのを待って彼らの元へ歩み寄った。

少年はあくまでお嬢様に付き従っているようだ。

人払いのされたベンチへ案内すると、あとは弁当の給仕に専念していた。

話をしてみたお嬢様は変なやつだと思った。

オレがなんになりたいのかと聞いてきたくせに、何度騎士になるのだと言っても「どういう?」「どうなりたいの?」とズレたことを言われる。

そのたびに何を聞かれているのか困って考え、そうしているうちに、少しずつ少しずつ、ズレているのがオレのほうではないかと感じ始めた。

どうしてだ？　いつからこんな?

オレは、騎士になりたい。

それは間違いない。

理由だって話せる。

父ちゃんが格好いいからだ。

でも、騎士ってなんなのか、騎士になって何をやるのか、全く考えたこともない自分に気がついた。

まるで、オレがそれに気づくようにと導かれるようになされる、心の深いところに突き刺さるような質問に、オレは何度も言葉に詰まり、それでも考え、答えを出す。

少しずつ、少しずつ、己の考え方が矯正されていくのを感じた。

オレが言葉に詰まるたびに弁当を「美味しいんだよ」とすすめ、答えるまで待っていてくれる。

彼女の言葉は優しくオレに染み込んで、彼女といるこの場所が、感じる風がとても心地よくて、オレの固く閉じていた思考が少しずつ解かれ暴かれていくことがなんだか気持ちよくて、気づけば最近ささくれ立っていた気持ちは鳴りを潜めて随分素直な気持ちになっていた。

初めオレは彼女の名前を聞いて、大商家の娘というだけで、体を鍛えることもなく後を継げるのだろうと意地悪な気持ちでいてしまった己を恥じた。

彼女はオレと同じように彼女の父親を尊敬し、その事業を、その志《こころざし》を尊敬して、毎日勉強に励んでいた。

彼女が言う「どうなりたいのか」という「将来の夢」の話が、他人事でなく自分も考えなければならないことだと気づいた時、付き人の少年が軽く笑いかけてきた。

これが彼の言う「強くなるための標」であるとわかった。

彼女がオレと近い境遇にあること、しかし年上のオレよりずっと考えていること、そしてオレを励まし褒めてくれることが嬉しくて、思考はまだまとまらないままだけど、弁当から卵焼きを食べて「美味しいな」と言ったら、彼女も嬉しそうに笑ってくれた。

オレにもオレの家族にもこんな笑顔が必要だと思った。

オレよりもずっと小さなステラに相談するように色々な話を聞き、時には聞いてもらい、ごちそうになった弁当が空になる頃にはオレの心はずっと軽くなっていた。

それからオレはまたステラに会えるだろうかと噴水の広場へ行くことが増えた。

集合場所だったそこに集まっていた友達の姿は今はもうない。

みんな近所に住んでいて家も知っているが、この間の喧嘩のことが思い起こされて、どう謝っていいのかどう関係を修復していいのかわからず、オレは彼らを探すことはなかった。

そんなある日、いつもより早い時間、父ちゃんが夕食の時間に帰ってきて「茶会への招待が来た。家族での招待だ」と言った。

もう近頃は母ちゃんも父ちゃんに口を出すのを諦めて、一緒に過ごせる一日の中の短い時間を静かに過ごすよう努めている様子だった。

父ちゃんが一方的に言った言葉にも母ちゃんは「わかったわ」と淡々と答えていて、オレはそれがすごく嫌だった。

でも、オレが強くなって騎士になれば、きっと母ちゃんも認めてくれて前のような家族に戻れると思っていた。

その日はせっかく父ちゃんがいるのに、オレは何を話せばいいかわからず、とても静かな食卓だった。

毎日毎日これまでどおり体を鍛えて、剣を振って、そうしてやってきたお茶会当日、行く先がステラの家であるジャレット家であると知ってオレは内心大喜びしてしまった。

彼女が、オレたちが父ちゃんに話を聞くチャンスをくれたんだと思ったのと同時に、またあのにこやかなステラと同じ時間を過ごせるということが嬉しかった。

彼女の家に向かう道中も馬車の中は静かだった。

母ちゃんは最近ずっと物思いに耽《ふけ》って落ち込んでいるようで、オレともギクシャクしていたし、珍しく騎士服以外で正装した父ちゃんも黙ったままだ。


ジャレット家へ着いた時、感じのいい執事服の青年が門で案内をしてくれたが、すぐにあの時の付き人を連れたステラが迎えに来てくれた。

ステラが突然エスコートしてくれと寄ってきた時は、なぜ自分はエスコートの仕方を教わった時にちゃんと聞いていなかったのかと後悔したが、久しぶりに面白そうに笑った母ちゃんが見られて嬉しかった。

綺麗な花々が咲き、美しく飾りつけられた白いテーブルセットと、そこで佇《たたず》む美しい二人を見た時はこのまま一枚の絵になりそうだなと思った。

ステラが「パパとママよ」と嬉しそうに教えてくれて、なるほど、このお揃いの青と白の衣装に身を包んだ青空のような家族は高嶺《たかね》の花のようだと思った。

オレたち家族は綺麗な服を着ているものの、着ている生地も色味もてんでバラバラで、取り繕った父ちゃんと暗い表情の母ちゃん。

まるで家族の普段の姿が暴かれるようで少し気まずい気持ちになった。

席につき紹介を終えたあたりから、オレは終始興奮しきりだった。

「私たちはね、素敵なお父様のお仕事のお話がたくさん聞きたい同志なの！」

少しすました言葉遣いのステラが、オレが父ちゃんに言いたくて言えなくて燻《くす》ぶらせていたことを全部言ってくれた。

このチャンスを逃してはいけないと思ったオレも、必死で彼女に追随してお願いしていると、ステラの優しそうな父親が「まずは私の仕事の話を」と話し始めてくれた。

心底嬉しかった。

これで父ちゃんも話してくれるかもしれない、と思ったのも束《つか》の間、ステラの父親であるゲイリー・ジャレットさんの話はとんでもなく興味深いものだった。

驚愕し尊敬してしまう。

大胆だけど、理由を聞けばなるほどと思ってしまう手腕には、父ちゃんも母ちゃんも驚いて、色々と聞いては褒め称《たた》えていた。

彼の話はオレにもとてもわかりやすくて、イヤイヤ受けていた授業の話とリンクした時なんかは、なんでオレはちゃんと授業を受けなかったんだとまた後悔した。

ステラの父親であるゲイリー・ジャレットさんの話は「周囲も豊かにして大切な家族の幸せを増やしたい」という夢の話でまとめられ、オレも父ちゃんたちもすっかり夢中だった。

ステラも「とっても素敵なパパなの！」と笑顔で、オレも嬉しくて楽しくて満面の笑顔になってしまう。

彼は次は父ちゃんにもと促してくれて、いよいよ父ちゃんの番になった。

父ちゃんが慣れない様子で、しかし何度も言葉に詰まりながらもしてくれた話は、オレにとって驚きの連続で、オレが今まで訓練ばかり、鍛錬ばかりしてきたことを後悔させる内容ばかりだった。

今更、母ちゃんがオレに忠告してくれていたことが頭を駆け巡る。

友達がオレに言ってくれていた意味がわかる。

母ちゃんが反対していたんじゃない、友達が離れていったんじゃない、オレが突き放していたんだ！

父ちゃんのしてくれる騎士の話は、オレの憧れるあの三歳の時の姿の何倍も、何倍もすごいものだった！

強くなればなれるなんて、オレはなんて馬鹿だったんだと思い知り、母ちゃんにもたくさん謝る。

母ちゃんも嬉しそうに少し瞳を潤ませ、久しぶりにオレの頭を撫でてくれて、その後は仕事について、市井と家族を守ることを熱く語る父ちゃんをとても綺麗な目で見つめていたんだ。

父ちゃんもオレの目を見て、伝わっているか確かめるように一生懸命言葉を尽くしてくれている。

ああ、オレの、オレの家族の幸せが戻ってきたんだって思った。

ステラの家からの帰り道、馬車の中でオレと母ちゃんを抱きしめる父ちゃんは「すまなかった。愛している」と呟《つぶや》き、オレたちの頭に口づけを落とした。

ぐっと力が込められた腕がたくましくて温かくて、騎士が守るってこともこういうことかなと思った。

母ちゃんが「私もよ」と言い、「オレも」って笑って、オレたち三人は少し泣きながら帰った。

父ちゃんの話を聞いてから、まずオレがするべきなのは友達に謝ることだと思った。

馬鹿みたいに体を鍛えるばかりなオレに付き合ってくれて、騎士になろうって言ってくれていたあいつら。

騎士になってからも、ずっと高め合っていきたいあいつらと話をしなきゃって。

家に帰って父ちゃんと母ちゃんに一言断ると、そのままお茶会のやたら格好つけた服のままで、あいつらの家を一軒ずつ回った。

ドアをノックするのに躊躇《ためら》うけど、ステラが口に突っ込んでくれた甘い卵焼きの味を思い出せば緊張で握った拳は簡単に解けた。

「悪かった！　お前らの言うこと何も聞いてなかったオレが全面的に悪い！」

「何だよ、何その格好。てか、いい顔してんじゃん、泣いたの？」

「これはまた別だ」

アハハと笑って、思ったよりもずっとずっと呆気なく仲直りはでき、彼らはみんな「俺も悪かった」と気恥ずかしげに言ってくれた。

こんなに大切な友情《もの》すら守れないところだったのかと、何が『騎士になる』だと、その日からオレは気持ちを新たに、前よりずっと前向きに鍛錬に、勉強に、遊びに打ち込むのだった。

いつか、ステラにオレの夢を語って聞かせることができるように。

ステラのことを、この国ごと守れるような立派な騎士になるために。

【マルクス】

一六歳。主人公の一つ上の先輩。騎士隊長の息子。粗野な一匹狼《おおかみ》。

（ゲーム「学園のヒロイン」公式ファンブックより）

騎士になるべく、鍛錬を欠かさない力自慢。

本来は情にもろくて悪を許さない正義漢だが、とにかく不器用で口下手《べた》。何でも腕っぷしで解決しようとしてしまい、周囲に誤解されてしまうことも多い。

家族仲がうまくいっておらず、騎士隊長である父や、小さい頃に出ていってしまった母に認められたい一心で、強い騎士になるべく、がむしゃらに体を鍛えている。

いつも一人の彼に、本当は不器用なだけで優しい人物なのではないかと気づいた主人公が近づいたことで仲良くなっていく。

初めは主人公を強く突き放したものの、主人公の一生懸命さや自身への真摯な態度に母からの愛の面影を感じて少しずつ惹かれていく。

「オレ様に近づくな」

「馬鹿野郎！　怪我してえんじゃなけりゃ関わるな！　オレ様は強くなる！　そのためになら何だってやってやる!!」

「オレ様は……、ただ……認められたいだけだったのか…………」

第八章　大天使ステラちゃん、ママのピアノを聴く

ママは今日もにこにこ、優しい笑顔。

おうちにあるピアノのお部屋。

ピアノの椅子に座ったママの横、もう一つ椅子を置いてもらって、私はそこに座ってママの弾くピアノを聴かせてもらってるの。

この間までとっても暑かったのが嘘《うそ》みたいに最近は涼しい日が続いてる。

大きく開いたお部屋の窓から、気持ちいい風が吹き込んできてカーテンを揺らしてる。

外から、庭師のおじいちゃんの声や、出入りの業者さんの声が聞こえてきて、部屋の中ではママの弾くピアノが鳴っていて、私はこの時間がすごく好きだなぁって思う。

私はママのピアノがとっても好き。

ママはピアノがとってもお上手で、難しそうな楽譜も弾きこなしちゃうし、ママの考えた曲もたくさん弾いて聴かせてくれるの。

ママがピアノの発表会をする時は、大きなホールでたくさんの人の前で演奏するらしいんだけど、そのホールに入るためのチケットは、いつもすぐ売り切れちゃうぐらい人気なんだって。

ママがやさしく教えてくれるから、私もちょっとだけピアノが弾けるようになったのよ。

ママはいつも私のおうたをたくさん褒めてくれる。

私はおうたを習ったことはないけれど、不思議と色んなおうたを口ずさむことができるの。

まるで、前からずっと知ってたみたいに。

今日はお昼ごはんを食べたあとから、ずっとママとピアノを弾きながらおうたを歌っていたから、もうお日さまも沈み始めてる。

「またママにステラのお歌を聴かせてくれるかしら」

「うん、もちろん！　ママのピアノに合わせておうた歌うのだいすき！」

しばらく素敵なピアノを弾いてみせてくれていたママにそう言われて、私は嬉しくなっちゃう。

私が思い浮かんだおうたを歌うと、ママがそれに伴奏を付けて曲にしてくれるの。

日が傾きかけたお部屋は、少しずつ夕日色に染まっていっている。


『ゆうやけ♪　こやけの♪　あかとんぼ♪～』


私が歌うおうたは、不思議な言葉になって口から出てくるの。

聞いたことのない歌詞のはずなのに、何度も聞いたことがあるような気がする、不思議な言葉。

ママも、パパも、使用人の人たちも、誰に聞いても知らない言葉だって言うの。

でも、私は歌いながらなんとなく「今こんなことを言ってるんだよ」って意味がわかる。

「ありがとう、ステラ。なんだか今の季節にぴったりな曲ね」

おうたを歌い終わると、ママが笑顔で、優しく手を叩きながら感想を言ってくれる。

「そうなの！　ママすごい！」

おうたの説明をする前に、おうたの雰囲気ぴったりのことを言ってもらえて、嬉しくなっちゃう。

「あのね、今のはね、こうやって涼しくなってきた季節に、飛んでいるとんぼさんを見たときのおうたなの。なんだか少しさみしいなあって気持ちの歌詞なのよ」

「そうなのね、じゃあ、伴奏はこんな感じかしら」

ママが少し探るようにしながらピアノを弾く。

ママが弾いてくれる伴奏は、静かで、まるで葉っぱが涼しい風に舞うような優しい音色だった。

ほぅ、と私は少し聞き惚《ほ》れるようにしたあと、伴奏に合わせてもう一度おうたを歌い始める。

『ゆうやけ♪　こやけの♪　あかとんぼ♪～』


私の歌う不思議な言葉の歌詞と、ママの伴奏とが合わさると、まるで夕日に赤く染まるお庭の落ち葉がこの部屋に敷き詰められていくような想像が膨らむ。

窓から吹き込む、涼しい風とお庭の木の匂い。

夕日が沈んでしまうのがもったいなく思えるような素敵な時間。

ママがピアノの最後の音を弾き終わると、余韻を残すようにしてゆっくりと鍵盤から手を離した。

「ありがとう、ステラ。今日もとても楽しい時間だったわ。もう暗くなり始めてしまったわね。疲れてはいない？」

「ママ、私もとっても楽しかったよ！　つかれてないけど、少しだけお腹がすいちゃった」

少し恥ずかしいけど正直にそう言うと、「それはいけないわね」とママは笑って、「夜ごはんを食べましょう」と言ってお部屋を出るよう促してくれる。

使用人さんにピアノの椅子から下ろしてもらった私へ、ママは「ステラのおうたがママは大好きよ」と言って頭を撫でてくれたの。

「ママありがとう～！　私もママのピアノだいすきよ！　また一緒にピアノをしようね！」

私たちは日の落ちる直前の、まだ明るいお庭へ一度出て、体を伸ばして、それから連れ立って食堂で夜のごはんを食べたの。

◆ ✣ ◆

今日私は初めてママのピアノの発表会に連れてきてもらっちゃった。

これまでは、発表会をしていることはママやチャーリーたちから聞いて知っていたけど、一度も連れてきてもらえなかった。

発表会をするホールは広くて、たくさんの人がいて、「そこでじっとピアノを聴いていては、ステラはきっと疲れちゃうわ」とママは言って、いつもはお留守番だったの。

でもこの間ママとピアノを弾いたあと、私がどれだけママのピアノが好きか、半日聴いてたって疲れたりしないと力説したら、ママも「そうね、ステラは良い子にできるし、一度来てもいいかもしれないわ」と言ってくれたの。

今朝は楽しみでどうしてもベッドで寝ていられなくて、ヘイデンやチャーリーが起こしに来てくれるより先に起きて、お部屋でおうたを歌ってた。

起こしに来てくれた二人には「お嬢様のおうたは、朝の小鳥のさえずりよりも美しい音色ですね」ってニコニコ笑顔でからかわれちゃった。

今日は特別な日だから、お洋服を選んでくれるチャーリーと、髪飾りを選んでくれる使用人さんには「とっても可愛くしてぇ！」ってお願いしちゃった。

今日は、お庭の落ち葉の色に似たボルドー色のドレスと靴に、編み込んで結い上げてもらった髪には、薄ピンクの大きなお花の髪飾りを付けてもらってるの。

どれも前にパパに買ってもらってから可愛くてとってもおきにしていたお洋服たちなの。

チャーリーが今日着るドレスにこのドレスを出してくれた時は、「絶対これ！」って即決しちゃった。

本当にチャーリーは私の気持ちがわかってるんじゃないかと思っちゃう。

そのくらい、その日にぴったりのお洋服を上手に選んでくれるのよ。

ボルドー色のドレスは、腰のところが明るめの茶色のリボンできゅっと絞られていて、とっても可愛いシルエット。

お花の髪飾りは細い糸と太い糸で編まれたレースでできていて、ボリュームがあって本物のお花みたいですごく素敵。

私は何度も姿見の前で、左へ右へスカートを揺らすようにする。

その様子を見てたチャーリーが「お嬢様によくお似合いです。一面に広がる紅葉《こうよう》にもし妖精がいたら、きっと今のお嬢様のような姿ですね」と大げさに褒めてくれた。

それからチャーリーに手を引かれて、とっても満足した気持ちでホールに向かったの。

「ねえチャーリー、ホールってとっても広いのね！」

私は初めて見る会場の中の様子にびっくりしちゃった。

ホールの中はとにかく広い。

まだ人はまばらで、たくさんのイスが並んでる。

天井はとっても高くて、こんなに天井が高い建物には入ったことがなかったから、ずっと遠くにある天井を見上げて、思わず口が開いちゃってた。

「はい、ステラお嬢様。あちらの舞台に置かれたピアノを奥方様が弾かれるのですよ。イスはその様子を見やすいよう、舞台を囲むように置かれているんです」

チャーリーが、手の平で指すようにしながら説明してくれる。

それを聞いて、ここにたくさん人が集まって、ママがその前で演奏してる様子を想像して、「とっても素敵ね！」って興奮しちゃう。

チャーリーの話では、今日はママの前に何人か、小さな子のピアノ演奏があるんだって。

みんなピアノのコンクールで入賞するような上手な子で、私が今日来ることになったから、ママが「一緒に演奏しましょう」って、私と年の近い子を誘ってくれたんだって教えてもらった。

開演が待ちきれなくて、私は関係者用に用意された席にチャーリーと並んで座って、あれこれとお話しながら時間になるのを待ってたの。

●
◆
●

「私とっても感動しちゃった！　ママのピアノって本当に素敵！」

発表会が全て終わって、私は声を抑えようって努力しながらも、興奮しきりでチャーリーに感想を伝えてた。

発表会は、私が期待していたよりもずっとずっと素敵だった。

私は今日のピアノ発表会のことを思い出す。

席へ座ってしばらくした頃、ホールの中の照明がゆっくりと落とされていった。

ホールの中は満員。

それまでざわめくように手元の資料を見ながらお話していた人たちも、暗くなったのを合図にするようにシンと静まり返る。

ややあって、ホール中央の舞台にパッと明かりが点《っ》いた。

ただ一台ぽつんと置かれたピアノが照らされる。

そこに置かれているだけのはずなのに、この静寂の中、ぽっかりと光で浮かんだピアノが何か語りかけてくるんじゃないかって思っちゃう光景だった。

少しの沈黙の後、現れたのは、一人の老紳士さん。

おうちの執事さんのヘイデンに雰囲気の似た老紳士さんは、訥々《とつとつ》と開会の挨拶をした。

彼の声は厳《おごそ》かで、ああこれから始まる演奏会はきっと素敵なものになるんだろうなあって期待させられちゃう。

老紳士さんが一礼して、舞台から去ると、入れ替わるようにして、小さな影が舞台袖から現れた。

私より年上の少年、七歳のマルクスよりも年上に見えるから八歳くらいかな。

折り目正しく着られた式典服のようなシャツに、仕立てのよさそうな短パンをはいた落ち着いた雰囲気の男の子。

照明に当たって彼の金の髪が透ける。

背筋は無理に伸ばされるわけではなく自然で、整った姿勢で理知的な碧《あお》い瞳をまっすぐ正面に向けて、迷いのない足取りで、彼はピアノへ向かっていく。

ピアノ椅子の手前まで来た彼は、観客に向き直った。

力の抜けた、だけど、まるで一本線の通っているような正された姿勢のまま、静かにスッとこちらに向き直ったその動きに緊張は感じられない。

それが、彼自身の精錬さとか、これからする演奏への自信なんかが表れてるように見えて、すごく期待しちゃう。

彼はその印象のまま、お手本どおりの滑らかなお辞儀をした。

一拍置いてすっと身を起こした彼は、ピアノ椅子へ音もなく座ったの。

私とそう身長も変わらないのに、飛び乗るわけじゃなく、美しい所作で椅子に座ってみせた彼を私は内心で羨ましく思っちゃう。

いつも使用人さんに持ち上げてもらって椅子の乗り下りをしている私は、もし機会があったら椅子への格好いい座り方を教えてほしいな、なんて思ってた。

彼のピアノは、さすがコンクールで入賞するほどだなって思えるくらい上手で、ママに聴かせてもらったこともある難しそうな曲を、間違えないで、つまずかないで弾き切ってた。

私には、たくさんたくさん練習したって弾けないんじゃないかなって思えるくらい難しい曲。

彼の演奏が終わって、会場中から大きな拍手が起きた。

それを受けて知性の光る瞳で観客を見た彼は、その拍手に笑顔を作るでもなく応じて、一礼したあとに舞台袖へと下がっていった。

私も力いっぱい拍手しちゃった。

彼の演奏は、夜の空気のように濁りなく澄んでいて、曲調に合わせた正しい抑揚がついているはずなのに、どこか静かで安心するような落ち着いた雰囲気だった。

私には真似できない完成された演奏に、私と年も変わらないのにすごいって驚いて、称賛する気持ちがいっぱい湧いてくる。

彼のあとにも三人の子がそれぞれ演奏したけど、大勢の観衆に緊張しちゃったのか、最初の彼ほど上手に弾ける子はいなかった。

その後、少しの休憩時間を挟んで、いよいよママの演奏の時間になったの。

開会の挨拶をした老紳士さんが改めて舞台へ上がって、ママの簡単な紹介と、登場のアナウンスをしてくれる。

現れたママは、まるで大輪のバラのように綺麗だったの。

私が着てるドレスのボルドーよりもずっと濃くて、幾重にも布が重ねられた華やかな赤いドレス。

その迫力あるドレスもばっちり着こなして、普段よりも艶やかにお化粧して髪を結い上げたママは、いつにも増して美しくって、ご本で見た女王様が連想させられるような豪奢《ごうしゃ》さだった。

「みなさま。本日はお集まりいただき、誠にありがとうございます」

舞台中央で立ち止まって、聴衆へ向き直ったママは、真っ赤に塗られた唇で柔らかく微《ほほ》笑《え》むと、まるで歌うように声を響かせる。

続けて、この場に足を運んでくれたらしいお貴族様の名前をいくつか挙げて、ひとりひとりへ謝辞を述べていく。

「本日はハービーの一〇番を中心に、今この実りの季節に相応《ふさわ》しい数曲と、郷愁をテーマにした新作のメドレーをお送りいたします」

ママが〝新作〟って言った途端、静まり返っていた聴衆から、わずかに喜色を浮かべた声が漏れた。

今日はママの作った新しい曲も弾くみたい。

ここへ向かう最中、チャーリーに教えてもらったことを思い出す。

『奥方様のオリジナルの楽曲には貴族の方のファンも多いんですよ。ステラお嬢様は、お聞きになれば驚いてしまうかもしれません』

そう言ったチャーリーは、なんだか意味深な笑顔で、どういう意味だったのかなぁって思いつつも、これから聴けるのがとっても楽しみ。

ママはおうちでよく即興で伴奏してくれるし、ママの作った曲も聴かせてくれる。

私も聴いたことのある曲かな、ってどんどんワクワクしてきちゃった。

ママが一礼して、拍手と共にピアノ椅子へ腰かける。

拍手がやみ、ピアノに両手を置いたママは数拍のあと、すっと、短く息を吸った。

時が止まったような静けさの中、ママの呼吸に釣られるように、見ていた私も思わず息を止める。

――ポーン

長く、触れるように鳴らされた一音から、その曲は始まった。

第九章　大天使ステラちゃん、教養を見せつける

　そこかしこで弾《はじ》けるように拍手が打ち鳴らされ、全員が高ぶりのままに立ち上がり手を叩く。

　いつまでも続くんじゃないかって思えてしまうような、興奮の喝采。

　照明が点いて、老紳士さんが閉会を告げたあとも、ホールにはほとんどの聴衆がその場で留《とど》まって、ママの演奏への賛辞を交わしていた。

　もちろん、私も興奮を隠せないうちの一人。

「チャーリー！　すごかったねえ！　ねえ、最後の、あれ、私のおうたの曲だったよね！」

「はい、お嬢様。大変素晴らしい演奏でございましたね。実は、奥方様は時折、ステラお嬢様の口ずさまれた歌をピアノ曲へ編成して発表されていたんですよ」

　大興奮の私に、チャーリーも嬉しそうに返してくれる。

　ママは有名なピアニストのハービーさんの曲を数曲弾いたあと、なんと、ママのピアノに合わせて私が歌った赤とんぼのおうたをボリュームいっぱいに豪華にしたようなピアノ曲を華麗に弾いてくれたの。

「そうなの⁉　じゃああのおうたも、あのおうたもピアノ曲になってるのかな⁉　ママが

弾いたらとっても豪華で、華やかで、私のおうたが何倍も素敵になったみたい！」

嬉しくて嬉しくて、私は興奮のままに声が大きくなっちゃう。

私と感想を交わすチャーリーの瞳はキラキラしていて、きっと私も同じようにキラキラの瞳になっちゃってるだろうなって思う。

「このあと、奥方様には控え室へご案内するようにと申しつかっております。奥方様へ会いに向かいましょうか」

なんと、演奏を終えたママに会えるんだって。

「本当!? チャーリー！ うれしいぃ！」

つい大きな声を出して、席から立ち上がって飛び跳ねちゃった。

はっとして周りの人を確認する。

私たちのいる関係者席のすぐそば、来賓用の席に座ったままだったご夫婦に微笑ましそうに見られちゃってた。

素敵な演奏を聴いた興奮と、綺麗なドレスを着たママに会える嬉しさで、さっきから周りの人のことを考えずにはしゃいじゃってたって気づいた。

お揃いの輝く指輪を身に着けたご夫婦は、二人ともとても上品で、シンプルだけど質のいいスーツとドレスに身を包んでいる。

がっちりしてまるで騎士様のような体格の男性と、優しげで上品な美しい女性。

二人とも、パパやママよりも年上に見える雰囲気で三〇歳くらいかなと思う。

色の風合いは違うものの、金髪に碧い瞳の美男美女さんだ。

私は作法の先生に教えてもらったことを慌てて思い出して、おすましの顔を作ると「しつれい、いたしました！」と、彼らへドレスを着た時のお辞儀をしてみせる。

彼らは柔らかく微笑んで、一度それへ返してくれた。

女性は「いいのよ。とても素晴らしい演奏だったもの。私も飛び跳ねたいくらいだわ」と言ってくれた。

彼らもママの演奏に魅入られたようで、続けるように「ハービーの名曲を集めた素晴らしい名演だった」「ボヤージュ序曲からドルフィン協奏曲へ続くピアノアレンジは、今後の主流になるのではないかしら」「最後の新曲も、名曲と調和した素晴らしい曲だった」と、さっきまでの興奮が再燃しちゃったみたいに、口々にママの演奏を褒めてくれる。

私はその言葉が嬉しくって、「母のえんそうを、お聞きくださりありがとうございました。母もきっとよろこびます！」と満面の笑顔でお礼を言ったの。

「これはこれは、ジャレット家のお嬢様だったか」

男性が驚いたみたいに私をじっと見てから、ひとつ頷いた。

「確かにご両親の面影がある。バードとサラがよろしく、とジャレット夫人にお伝え願えるかな、レディ」

バード様の声は太くて低いとっても良い声。

なんだか威厳がある二人の様子と、来賓席にいることから、彼らは足を運んでくれたというお貴族様なのかもしれない。

よく見たら、彼らの周りに座ったままだった数人の人たちは、彼らの護衛や付き人みたいにも見える。

付き人のような、バード様と年の変わらなさそうな眼鏡《めがね》の男性が、私が失礼なことをするんじゃないかと、見定めるような視線で見ていた。

私はピッて背筋を伸ばした。

「ステラ・ジャレットです！　はじめてお目にかかります！　バードさま、サラさま、お会いできて、こうえいです！　これからママあっ間違えちゃった、母、に会いますので、必ず申し伝えます！」

緊張して、ちょっと間違えちゃった。

間違えちゃったことを怒られないか心配で、バード様たちの様子をうかがうように上目でそろっと見る。

二人はやっぱり微笑ましそうに見つめてくれていた。

「小さいのに頼もしいお嬢さんだ。私たちもお会いできて光栄だよ、ステラ嬢。緊張しなくていい、私たちも演奏していた者の関係者だよ」

その言葉と、二人の金髪と碧い瞳に、私は、最初に素晴らしい演奏をしていた男の子を思い出した。

「メルドーのノクターン……」

「おや、曲の紹介はなかったはずだが。さすがジャレット家のご令嬢。ステラ嬢は音楽のこともよく学んでいるようだね」

バード様とサラ様は驚いたように目を見張ると、嬉しそうに「そう、あの子の両親だ」って笑顔になってくれた。

ママは色んな曲をピアノ曲に編曲して聴かせてくれるから、私は曲をたくさん知ってるの。

彼らと同じ金髪碧眼《へきがん》の男の子が弾いたのは、作曲家のメルドーさんの作った夜想曲《ノクターン》だって思ったけど、正解だったみたい。

「かれのピアノも、すてきでした。まるでお月さまみたいで」

不思議と、〝お月さま〟って感想が出てきた。

そう、お月さま。

言ってから自分でもすとんって気持ちに整理がついた。

彼の静かで凛《りん》とした姿と、揺るがない澄んだピアノの音色は、まるで夜空に浮かぶ月みたいだなって思ったの。

「月、かい？」

バード様が不思議そうに返した。

「はい、かれのえんそうはしずかで、やさしくて、それでも暗い夜道をお星さまたちといっしょに、明るくてらしてくれる、お月さまの光みたいって思いました」

「……なるほど、〝月〟か」

私の言葉のあと、少しだけ黙ったバード様は、貫禄《かんろく》のある声でさっきより低く呟いた。

お腹の底にまで響きそうなその声は、たった一音なのにズシッと質量を感じるようで、私はもう一度ピッと背筋を伸ばした。

サラ様はゆっくりと何度も首肯して「たしかに。そうだわ。そのとおりよ」と、何か気づきを得たみたいに納得の言葉を繰り返す。

「……ゲイリー殿自慢のご息女は、本当に得難い知者らしい」

しばらく考え込むようだったバード様は、なんだか難しい言葉で私を評したの。

チシャってなんだろう。

先ほどまでより柔らかさが減ったバード様のお顔に、これは怒られ発生では、と私は腰が引けちゃう。

「ああ、いや、違う」

じりっと後ずさった私を見て、バード様は慌てて手招きをするように私へ示してから、またふんわり笑顔に戻ってくれた。

「ステラ嬢、君の話が聞きたい。もう少し話をする時間は取れるかい？」

そう問われて、確認したくてチャーリーを見上げると、チャーリーはまるでヘイデンがするみたいな、いつも以上に背筋を伸ばした姿勢だった。

その様子が不思議だったけど、チャーリーが「構いません」って目で合図してくれて安心する。

チャーリーはお貴族様の対応をすることもあるはずなのに、なんだか私よりも緊張しちゃってるみたい。

チャーリーの様子がおかしくて、私は笑って力が抜けちゃった。

「はい！　だいじょうぶです！」

「なるほど。つまり月は太陽の光を映していると」

「はい。たとえば、わたしたちのいるこの場所も、お空にうかぶお星さまのひとつなんじゃないかなあって考えてみるんです」

私は、先生に習ったわけじゃないのに、不思議と確信を持てるその話を、バード様たちへ聞かれるままに話していた。

空中に指で円を描きながら、これが太陽で、これが月で、と並べてみせる。

バード様たちは私みたいな小さい子の話も、興味深そうに聞いてくれてとても良い人たちだなぁって思った。

「たくさんのお星さまたちの中で、お日さまは、かがやいて昼のわたしたちを明るくてらして、温めてていいて。でも、夜になったら、わたしたちはお日さまの光がとどかない、うらっかわに行っちゃいます」

空中に描いた円のうち、真ん中に描いた円の位置で、ぐーにした手をくるっとひっくり返してバード様たちに見せる。

さっきまで太陽に向いていた面が月側へ回る。

それを見て、バード様とサラ様に控えるようにしていた付き人風の眼鏡の男性も、「ふむ」と一歩前のめりに出てきて話を聞き始めてくれた。

「そんな夜のお空でお月さまは、お日さまの光を受け取って、わたしたちへ、やさしく光をとどけてくれるんです。たくさんのお星さまのうち、一番そばにいてくれて、わたしたちが迷子になっちゃうような暗い道を明るくしてくれてるのかなあって」

私はお昼の明るいお空も好きだけど、夜のお空もなんだか優しい感じがして好きだなあって思う。

整えた大人の話し方でたくさん話すのは慣れてないからところどころつっかえちゃうけど、私はバード様やサラ様や眼鏡の男性にお月さまのことをもっとお話してみようって思ってお話を続けた。

「お月さまは、お日さまみたいにあついわけじゃないけど、自分で明るくしちゃえるわけじゃないけど、でも、夜になってもわたしたちが見えるところにいてくれるのよぅ」

「ああ、そうだな。そうだ。太陽だけではなく、月にも大切な役割がある」

少しだけ何か考えるように俯いたバード様が頷いてからほわりと口元を緩ませてくれたのを見て、私は嬉しくなっちゃう。

「わたしお月さま好きだなあ。おうちにかえるときも、わたしが歩いたら、お月さまがついてきてくれるんだよう。嬉しいなあって思うなあ。お日さまが沈んだあと、お月さまが顔を出してくれて、わたしがちゃんとおうちにかえるまで見守っててくれ、あ！　です！」

途中から大人の話し方じゃなくなってた私に、バード様もサラ様も微笑ましそうにふふって笑ってくれた。

それから、夜に見上げる空を思い描いたのか、二人とも優しいお顔で笑顔を交わし合った。

「本当に。そうね、月は優しいわ」

なぜだかサラ様の瞳が潤んでるみたいに見える。

それが不思議だったけど、悲しんでるのとは違って見えたから、私は続きを話すことにした。

「ママの、ええっと、母のえんそうは、お日さまみたいだなあって思うんです」

そこで途端に『わからない』って、バード様とサラ様、眼鏡の男性は首を傾げちゃう。

何て言ったらいいかな、うまく説明できるかなって思いながら、私は説明を始めてみる。

「お日さまは、月と同じくらい近く見えるけど、本当は月よりずっと大きくてずっと遠くにあるんじゃないかなあって思うんです」

私はまた空中に指先で印をつけていくように点、点と示す。

私たちのいる場所、それに引っつけるようなお月さま。

そして、お月さまとは反対、ずっと離れた場所に「お日さまはねえ、ここかなあ」と点を打ってみせる。

そしてお日さまを中心に水平に、楕円《だえん》を描くようにぐるりと一周指を回した。

「こうやって、お日さまに近いと暑くって、遠いと寒いですよねえ」

「な!?」

「うひゃい！」

大きな声にびっくりして、私も変な声が出ちゃった。

声を上げたのは、眼鏡の男性だった。

彼は絶句というように目と口を開き、私がさっき説明に使っていたあたりの空中を凝視したまま固まっている。

「どうした、ニール」

バード様も思わずといった風で、ニールと呼ばれた眼鏡の男性へ声をかける。

「わ、私としたことが、失礼いたしました。しかし、これは、熟考の余地が、まさか」

バード様の声かけにハッとしたものの、ニールさんはダラダラと汗をかき始めて、何か落ち着かなく呟いてる。

体調が悪くなっちゃったのかな。

それとも大事な約束を忘れちゃってたのかな。

私もちょっと心配になった。

「演奏は終わっておりますし、ニールは先に戻っても構いませんよ？」

「いえ、そんな、ああ、でも」

心配げなサラさんの言葉に、初めは遠慮するようにしたニールさんだったけど、何か考えたいことができたとかで、バード様たちへ申し訳なさそうにしながら一人、先にホールを出ていった。

体調が悪くなったわけじゃなかったみたいで、私もほっとする。

去り際、「ステラ・ジャレットさん、どなたに師事を」と言いかけて、「いや、ゲイリー殿に聞くとしよう」って、一人で完結しちゃったみたいだった。

ニールさんが出ていったあと、残った私たちは何の話だったかなって顔を見合わせて笑っちゃった。

私が、お日さまが暑くなったり寒くなったりもする話をして、だから、激しくなったり穏やかになったりするママのピアノもお日さまみたいって話すと、バード様たちにも「なるほど」って納得してもらえた。

「メルドーのノクターンのあの子のえんそうは、お月さまがまん丸になったり細くなったりするみたいな、しずかで、それからほっとしちゃう、えんそうだなあって思ったんです」

私は、自分でも不思議だった『お月さまみたい』っていう感想が、全部うまく言葉にできて満足した。

「とても参考になった。あの子は演奏だけでなく、月のような子なんだ」

バード様もサラ様もなんだか嬉しそう。

「優しい方なんですね」

「ああ、そうだな」

私とバード様とサラ様は、ニコニコと笑顔で頷き合い、「引き止めて悪かった」とバード様が言ったのをきっかけに、ご挨拶してお別れした。

いつか、バード様たちのお子さん、金髪碧眼の月のような彼ともお話する機会があったらいいなぁって、私はその時夢見るみたいに思ったの。


その後、やたらと気疲れしたみたいなチャーリーを不思議に思いながら、彼とママのいる控え室に行った。

今日の感想を一から一〇まで全部ママに伝えたくて、私は言葉を尽くしてこの感動を話したの。

それに、私のおうたの曲のことも。

ママは、「内緒でピアノ曲にして、ステラは怒ってないかしら」なんて言うから、「全部ステラとママのおうたよ！　ママのピアノで弾いてもらえてとってもとっても素敵だった！おうちでも聴かせてほしいぃぃ！」って、はしゃいじゃった。

私はおうちに着くまで起きていられなくて、帰りの馬車の中で寝てしまったみたい。

翌朝、いつものベッドでヘイデンが呼んでくれて起きるまで、ずっと夢を見てるみたいに楽しい気持ちのままだったの。

第一〇章　ゲームでは冷徹王子のデイヴィス／前

僕はデイヴィス。

デイヴィス・ビ・バップ。

この国の国王の、二人いる息子のうちの二番目、第二王子だ。

王だ王子だといっても、この国では王が政治の全てを動かすわけではない。

貴族を中心にした貴族院が王都で政治の取り決めを行い、国王はその決定に認可を与える形での参加になっている。

しかし時として王家の権威は何者にも代えがたい力を持つ。

国が荒れぬよう、国民全ての代表として、政《まつりごと》へ正しく目を光らせる存在としてそこにあるのだ。

国の民もまた、国を支え守ってきた王家へ深い尊敬の念と親しみを向けてくれている。

僕は物心ついた時からずっと、兄である第一王子と比べられて生きてきた。

物静かな僕と、活発で優秀な兄。

この国では王位継承権は年長順だ。

兄に何もなければ、僕より四つ上の兄が次期国王となる。

つまり僕はスペアだな、と物心をついてすぐに自分の置かれた立場を理解した。

不満などない。

兄は明朗快活で、人に優しい。

甘えることなく自分を律することができ、周囲には自然と人が集まり好かれ、慕われる人間だ。

僕だって兄のことを慕う者の一人だ。

僕にできないことをやってのける兄。

僕に優しい兄。

僕のそばにいるために、忙しい間を縫って会いに来てくれる兄。

彼がいつか国王となった時、それを支えられる人間になれるようにと、僕も努力し続けてきた。

『第二王子には人を率いる才能がない』

『第一王子に比べて暗く、感情の起伏に乏しい』

僕に聞こえるように言ったわけではないだろうが、周囲からの評価は意識しないでも聞こえてきた。

噂話《うわさ》であったり、国の将来を考える立場の人間の会話であったり。

僕自身、そのとおりだと思った。

僕デイヴィス・ビ・バップは、兄のジョン・ビ・バップに勝ることなどない。

彼を引き立てていることを嬉しくすら思っていた。

思っていた、はずだった。


「デイヴィス、お前ももう少しジョンを見習え」

父である国王セロニアス・ビ・バップの言葉だった。

父は僕を困った子を見るようにして、そう言った。

元々父も母も公務が忙しく、普段共に過ごす時間は少ない。

一二歳になった兄は次期国王ということもあり、父や母の公務へ同行し勉強しているようだが、まだ八歳で第二王子の僕は、月に一度両親の顔が見られるかどうかだった。

父と、その隣の母が久しぶりに会いに来てくれたことに僕は浮かれていたようだ。

両親から向けられた可哀想な子を見る目に、僕は、自分の心が痛みを上げるのに気づいてしまった。

「デイヴィス。あなたももう少し自分の意見を皆に言っていいのよ」

母の言葉だ。

両親は、兄と違って大人しい僕を、心底心配しているようだった。

「ぼ、僕は」

声が上擦る。

自分の気持ちも目指す姿もはっきりとしているのに、口に出すのが恐ろしかった。

否定されるのが恐ろしかった。

「僕は、ジョン兄さんがいつか王になった時、ジョン兄さんを支え、ジョン兄さんの言葉を、意志を、国民に伝えることができる、そんな人間になりたいんです」

それでも口にした僕へ、向けられたのは憐憫《れんびん》の込められた眼差《まなざ》しだった。

両親は思ったのだろう、僕が第一王子に成り代われないから、諦めてしまっているのだろうと。

そして彼らの期待が僕から逸《そ》らされていくのが、はっきりとわかった。

生まれた時から国王になるべく、王妃になるべく育った彼らには、王家に生まれながらにして人を率いようとせず、支える立場に固執する僕の姿は情けなく思われたのかもしれない。


それから半年ほどが経っていた。

広い分野で勉強をしてきたこともあり、僕にもいくつか得意な分野があった。

それは哲学や天文学であったり、ピアノをはじめとした音楽であったり、芸術であったり。

王権を振るうこととは何の関わりもないようなものばかりだ。

帝王学の権威をも唸《うな》らせるカリスマ性を発揮し始めた兄との差は、どんどんと開いていくように感じていた。

兄の体は父に似て体格は大きく、運動も得意だ。

比べて座学に傾倒して母似の線が細い僕。

いっそ何もかもが対照的な兄のことを、僕は少しずつ、少しずつ苦手に思い始めていた。

大好きだった兄。

心の底から慕っていた兄。

しかし、兄のためになりたいと臨んでいた勉学には、今は以前ほど力が入らない。

両親の期待に応えられない自分が情けなかった。

兄のようになれない自分が情けなかった。

しばらく腑抜《ふぬ》けたようになっていた僕は、ある日両親から誘いを受けた。

久しぶりの家族四人が揃った会食の席、そこで〝ピアノの発表会〟に出ないかと誘われたのだ。

勉学に身の入らなかった僕は、それでも得意な科目は進んで学んでいた。

最近ではピアノのコンクールで国の年少の部で優勝することもできた。

だからといって、たとえピアノで国一番になれたところで王権とは関係のないことだ。

僕はこれといった感慨は抱いていなかったし、両親も一言二言と賛辞を述べたのみで、手放しに褒められるようなこともなかった。

「〝演奏会〟ではなくて〝発表会〟、ですか？」

ここ王都にあるコンサートホールでは、定期的に演奏会が開かれていた。

今回の主催であるというジャレット家は、貴族位こそないものの、国中に支店を持つ大商家で、財力や民への影響力では高位の貴族にも劣らない大家だ。

先代までは王都に一店舗をやっと構えることができる程度の商店だったらしいが、現商会長のゲイリー・ジャレット氏の手腕はすさまじく、彼一代でジャレット商会の名を国中に轟《とどろ》かせ、現在の富と名声を築き上げたらしい。

かの家の奥方は元々ピアノ演奏で名が知られる名手だったが、近年では作曲や編曲でもその優れた手腕を発揮し、コンサートホールでピアノ演奏会を開いては、立ち見を希望する者すら後を絶たないほどの人気を博しているという。

そんな大家が、子どもが手習いで行うような〝ピアノの発表会〟をするということに首を傾げる。

「ええ、発表会よ。あなたとコンクールで競い合った子も数人出るわ。もちろんメインはジャレット夫人の演奏だけど」

「あの家は子煩悩でも有名だ。四歳になった愛娘《まなむすめ》が初めてコンサートの鑑賞に来るらしい。

その配慮だそうだよ」

「なるほど」

母に続けて父の言った言葉に納得する。

ジャレット家が一人娘を溺愛しているのは耳にしたことがある。

ゲイリー・ジャレット氏が至るところで親馬鹿丸出しで自慢しているのだ。

曰《いわ》く、「私の天使」。

しかし、あの成功の動力源でもあるようだし、彼が娘のためにやったという下級層や福祉事業への投資もあらゆる方面へ良い影響を与えた。

それらを回り回って自らの利益ともした彼の手腕に触発され、同じく福祉事業や寄附に力を入れ始めた貴族も多いと聞く。

あれだけ大切にしている娘のためなら、子どもを集めたピアノの発表会のひとつも企画するだろう。

きっと似た嗜好《しこう》の同世代が集まる噂を耳にした母が、僕の名を挙げたのだろうと想像する。

「わかりました」

僕は、まあコンクールと違って優劣がつかないだけ軋轢《あつれき》もないだろうと、普段は競い合う立場の数人の顔ぶれを思い浮かべながら了承した。

「当日は私とサラも観覧に行く。私たちは侯爵の位を使って私はバードと名乗るがな。お前の出番は一番目だ。励むように」

父の言葉に少し驚いた。

コンクールの時も公務が忙しく付き人から結果を聞くだけだった両親だが、今回は身分を隠してになるらしいが、同席が叶うらしい。

作物の主な収穫の時期を迎えると、貴族院の貴族たちや、他国の関係者も各領地へ戻る必要があるらしい。

寒くなる前にと備蓄や領地の整備のためのあれこれを整えるらしく、一時的に王都の政務が手すきになる時期なのだそうだ。

ああ、いい機会をもらえたようだと、僕は最近ではあまり感じなくなっていた、心が浮き立つ気持ちを少しだけ感じていた。


発表会が終わって、主催であるジャレット家のディジョネッタ・ジャレット夫人の演奏を舞台袖で聞いていた僕は、早鐘を打つ鼓動と顔の火照りを収めることができずにいた。

噂には聞いていたし、数曲は彼女の作った曲の譜面も見たことがあった。

しかし、名手と謳《うた》われた彼女の生演奏は、僕の今まで聴いたどんな音楽よりも僕の心を揺さぶっていた。

舞台中央で、会場中から押し寄せる波のような拍手と歓声を一身に受けている女性から目が離せない。

僕や、コンクールでよく顔を合わせる同世代の他の面々は、みな舞台袖でかけていた椅子から立ち上がり、舞台上で礼をする彼女に釘《くぎ》付けになっていた。

みんな言葉もなく、顔を上気させている。

ああ、この時、この場で、この演奏が聴けたことに感謝する。

礼を終えた彼女がこちらへ向かってくる。

その顔には、母よりもずっと年下だという年齢よりもずっと成熟した、妖艶さすら浮かんで見えるようだった。

「どうだったかしら」

やや荒い呼吸のまま僕たちを見回した彼女の額からは汗が流れ、その体からはうっすら湯気が上っている。

全力を尽くした演奏。

動きの激しさだけではない、曲への集中が、表現に尽くした力が、まるで全力疾走をしたあとのように彼女を消耗させ、そして美しく魅せていた。

「素晴らしかった……」

ただ、そう口にするだけで精一杯だった。

〝本物〟を聴き、肌で感じた僕らは、頭の中まで鳥肌が立ったようになったままで、今この瞬間にもピアノに齧《かじ》りついて、貪欲に彼女の演奏から得られたものを取り込みたい衝動に襲われていた。

たった今、彼女に応えることもなく追い立てられるようにこの部屋を飛び出していった子らは、まさに自宅のピアノへ猛然と向かっていったのだろう。

「あなた方へ何か伝えられたようで、何よりですわ」

ことここに至るまで、僕もジャレット家をまだ甘く見ていたようだ。

今回の発表会もまた、後進の教育を兼ねており、今後影響力を持つであろう子世代の有力者への布石だったのだと気づく。

僕も、音楽の道に生きることができる立場であったなら、ジャレット家を、この気高い美貌の女傑を慕い、追いかけ、腕を磨き続けたはずだ。

にこりと笑った彼女は「失礼いたします」と一度僕から視線を切ると、控え室に待機していた女性の使用人から受け取った濡《ぬ》れタオルで汗を拭い、水を一息で飲み干した。

そして自らの高ぶりをも鎮めるように数度深い呼吸を繰り返すと、最後に大きく息を吐き、優しげな商家の夫人らしい、穏やかな笑みの女性になっていた。

「本日はご参加いただけたこと、誠に光栄でございます」

「今日は侯爵家の爵位すら持たん息子としての参加だ。そこまでの敬意を払う必要はない。本当に、素晴らしい演奏だった、敬服するよ」

「勿体《もったい》ないお言葉です」

普段は冷えた表情だと言われる自分の顔が、やや緩んでしまっているのがわかる。

僕は彼女の演奏にすっかり心酔してしまっていた。

「少し、話をいいかな」

「勿論《もちろん》でございます」

よく教育されたジャレット家の使用人たちは、すでに僕たちが語らうに十分のテーブルセットを用意してくれていた。

ホールの中、控え室の一角であるはずのそこは、十分に茶会として成立するだけの調度品が設《しつら》えられた空間になっている。

いつの間に、と内心苦笑が漏れながら、席につき彼女と対面する。

「あの編曲はご自身で？」

「はい。選曲もそれを組み上げたのも私ですわ」

「ピアノの腕だけでなく、恐ろしい才覚だね。ハービーの曲は古くから親しまれてきたが、あんな発想誰も思いつきもしなかったことだ」

素直に感嘆した僕に、彼女が意味ありげに、そして心底嬉しそうに笑む。

「娘が音楽を好みまして、とても独創性に富んでいるのです。彼女と共にピアノを弾くと、いくらでも新しいアイデアが浮かびますの」

「これは、ジャレット家の子煩悩の噂は真であったようだ」

冗談だと思い、洒落《しゃれ》て返したつもりだったが、彼女の表情は笑みのままだった。

その様子にまさかと面食らった僕は、何かからかわれているのかと問うてみる。

「ジャレット家のご令嬢は四歳になられたかと思うが、あなたが作曲や編曲で頭角を現した頃はまだご令嬢は言葉を話すかどうかという頃ではないか？」

「……これは、寝言と思っていただいても構いませんが」

そうして彼女が語ったのは、にわかには信じられない話だった。

第二一章　ゲームでは冷徹王子のデイヴィス／後

「ではなにか、ジャレット嬢は言葉を話すより前に歌を歌ったと？」

「さようです」

彼女は真剣な表情で一度頷くと、視線を落としたまま、澄んだ声でメロディを口ずさんだ。

「それは、あなたの代表作の〝花の麗《うらら》〟では？」

「これには元々歌詞があります。私の娘のステラが初めて話した言葉であり、歌です」

「そんな、そんなことが……ありえるのか……？」

彼女の一般に発表された処女作であり、そして代表作でもある〝花の麗〟は、美しく咲く花と、流れる小川を表現するとされている美しい曲だ。

「最近、改めてステラにこの曲を歌ってもらった際、歌詞の意味を聞きました。薄紅に染まる花が川辺に沿うように満開に咲き乱れ、それが風に吹かれて吹雪のように舞い散る中を、川を渡る船頭が手に持つ櫂《かい》で水をすくい進む。櫂の先でその水滴が散る様もまた、舞い散る花弁のようだと歌っているのだと教えてくれました。四歳になったばかりの子が、ですよ」

あまりのことに、僕は絶句した。

美しい。

なんと美しい情景だろうか。

かつて見た彼女の曲の譜面を、それを弾いてみた際の音色を思い起こす。

ああ、だからあのメロディなのか、と熱いものが胸へこみ上げる。

これは彼女があとから娘可愛さに付けた話ではない、と。

話を聞いただけであの曲が、歌詞も含めて完成されるのだと思い知ってしまった。

「ではもしや、今日の最後の曲も」

「ええ、〝赤とんぼ〟も娘のステラの歌を、ピアノ曲に書き起こしたものです」

「歌詞は」

「ございます。娘曰く、今のような実りの季節、赤く染まる夕暮れの中で、それに染まるように飛ぶ赤とんぼを歌っているそうです。そしてその実は、故郷を離れた歌い手が、赤とんぼの姿に、かつて幼い頃に家族に背負われ見た情景を重ねて郷愁の念を抱き、遠い家族や故郷への思いを馳《は》せる歌詞だそうです」

「なんと……」

先ほど演奏を聴き感じた感動が、再び押し寄せる。

日ごとに冷えていくこの季節に感じる物寂しさを、郷愁の念へ重ね、それを夕暮れと赤とんぼを通して投影する妙。

それが四歳の子どもができる発想だろうか。

「いつか、ステラの歌を聴かれる機会がございましたら、きっと今感じてらっしゃる以上の感動を感じられると、断言しておきます」

そういうジャレット夫人の目は、噂されるような親馬鹿で子煩悩からくるそれではなく、音楽家としての才ある彼女としてのものだった。


ややあって、控え室を後にした僕は、両親が待っているであろう観客席へと向かった。

まだジャレット夫人から得られるものは多いとは感じたが、これ以上多忙な両親を予定外に待たせるわけにはいかない。

観客席へ向かう通路で、僕は四、五歳くらいの少女と、彼女と手を繋ぐ兄と変わらない一五歳くらいの少年が歩いてくるのに出くわした。

少女は満面の笑顔でご機嫌に鼻歌を歌いながら、年相応の歩幅で歩いてくる。

付き従うような少年は、彼女のことを微笑ましそうに見つめながら歩調を合わせていたが、正面から来る僕の姿を視界に入れると、ぎょっとしたように体をこわばらせた。

この金髪碧眼の意味がわかるのだろう。

この国で金髪と碧眼を併せ持つのは、王家とそれに近い血筋をもつ高位貴族のみだ。

道端へ避《よ》け平伏でもするべきかと悩むような慌てようだったので、構わないと手を振ってみせ、そのまますれ違うように通り過ぎた。

『ゆうやけ♪　こやけの♪　あかとんぼ♪』

すれ違いざま聴こえたメロディに、思わず足を止め、そのまま耳を澄ませてしまう。

幼子らしい舌足らずで決して洗練されてはいない歌声は、曲調とは合わない彼女の機嫌の良さを反映して明るく歌われている。

しかし、それでも、つい先ほど聴いたばかりの、先ほどこの身を震わせたばかりの、その曲につけられた歌を歌う彼女の不思議な歌声に、全神経でその音を拾おうと集中してしまう。

『おわれて♪　みたのは♪　いつの日か♪～』

聞いたこともない言葉で、もしかしたら言葉ですらないのかもしれないその音で紡がれる歌に、ジャレット夫人の演奏と、先ほど教えてもらったばかりの歌詞の意味とが重なる。

短い文節、しかしそこに歌詞の意味が凝縮されているであろうことが感じられた。

幼子の歩調で徐々に遠ざかるその歌を、その背中を引き止めることもできず、控え室に消えていくまでを見守っていた。

本当は、今すぐこの場で彼女を引き留めたかった。

歌を聞かせてもらい、音節ひとつひとつの意味を問い、曲の理解を深めたかった。

僕は初めて本当の意味で、自分に兄のような思い切りが足りないことを口惜しく思った。

いつか、彼女、ステラ・ジャレット嬢に歌を聞かせてもらえる機会は訪れるだろうか、と夢見るように願い、止めていた足を再び観客席へと向けた。


観客席、そこにいた両親の顔は、まるで憑《つ》き物が落ちたかのような晴れやかなものだった。

気を使った固い表情で、お決まりの賛辞がもらえるのだろうと思っていた僕は少し身構えてしまう。

そしてこちらに気づいた両親は、自分たちの間に招き入れるように僕を引き寄せると、口々に手放しで褒め始めた。

何だこれは。

どうなっているんだろうか。

まるで、普通の家族がそうするように、子どもの成長を喜び、演奏の出来がよかったのだと、頑張って偉いのだと褒められる。

こんなこと、今までになかった。

直接演奏の場にいたというだけで、こんなに褒めてもらえるものなのだろうか。

「父上、母上。お褒めいただきありがとうございます。しかし、ピアノが弾けたところで、僕に人を率いることができないことには変わりありません」

褒められて素直に嬉しいのだと言えもしない自分がもどかしかった。

それほど、期待してから落胆されることが怖かった。

「いいえ、いいえ。間違っていたのは私たちだったのです」

母上は少し声が震えていた。

「我々はお前の役割を見失っていたようだ。気づかされたよ」

感じ入るように言った父上は、僕を月に例えて評してくれた。

僕は、兄の映し鏡なのだ、と。

人を惹きつけ、圧倒的な熱量と輝きを持つ兄。

僕は、そんな兄の手の届かない場所へ、兄の輝きを届けることができる人間なのだ、と。

統率者として腕を振るうことになる兄に代わって、民に寄り添い互いの緩衝となる優しい人間になれるのだと。

ああ、そうです。そうなのです。

僕は、そんな人物になりたかった。

僕が両親に上手く伝えることも、立ち回ることもできずにいたことが両親から認められたことを知った。

「デイヴィス、お前は天文学にも興味を持っていたな。こんな話は聞いたことはあるか？」

僕はまず、僕が天文学に興味があることを両親が知っていたことに驚いた。

僕のことなど諦められているのだろうなどと、僕が悲観していただけのようで、両親はちゃんと忙しい合間に僕のことを知ろうとしてくれていたのだと気づいた。

そうして父がしてくれた、僕らのいるこの場所を空に浮かぶ星に例えた話は、これまでの天文学と照らしても画期的で、夢物語であるようながらも考えるほどに理にかなって思える浪漫《ロマン》のある話だった。

「とても興味深いです、父上。その話は天文学会の新説ですか？　一体どなたが？　ベルニクス先生ですか？」

話が終わると、矢継ぎ早に問いを重ねてしまう。

このような革命的な新説だ。

家庭教師として僕たち兄弟の教鞭《きょうべん》もとってくれている天文学や哲学の傑士、ベルニクス先生が、空の星々が形作る構造の仮説を唱えていたことを思い出した。

彼の発想だろうかと聞いてみるものの、はっきりとした答えは返ってこない。

「いや」

苦笑いした父は、同じように笑み含め困ったような母と顔を見合わせ、二人で楽しそうに笑い合う。

僕だけがわからない状況が面白くなくて、「教えてください、父上、母上」と久しぶりに幼子のような声を出してしまった。

母には「あら、デイヴィスも夢中な分野になると素直な一面があるのね」とからかわれてしまう。

それがなんだかくすぐったくて、「僕の数少ない得意分野ですからね」とすねてみせると、「何を言っているの、あなたほど優秀な人材は国でも数えるほどですよ」とまた手放しの称賛を返される。

「これを言ってもお前は信じられんかもしれんが、この話はたった四歳の子に教えてもらったことなのだ」

「え？」

父と母はうそぶいた様子ではなく、本当のことを言っている様子だ。

しかし、本人たちも半信半疑なのか、苦笑いしたままだが。

「実は、お前を〝月〟と評したのも彼女なのだ」

そう言って父は、「我々はお前を太陽にしようとばかりしてしまった。太陽はふたつは必要ないというのに。お前がすでに未来を思い描き邁進《まいしん》していたというのにな。そのことがよくわかったよ。優しく、よくできたお前を、これまで褒めてやれなくてすまなかった」

と、あろうことか謝罪の言葉を口にした。

「父上！　おやめください！」

慌てて父を止める。

王である彼が、臣下の前で、息子とはいえ僕へ謝罪などしてはいけない。

「許してね」

母は僕をぎゅっと抱きしめた。

久しぶりに感じるぬくもりの中、僕の心に熱が灯り、こみ上げてくる。

普段ほとんど動かしていない表情の筋肉は、今日一日で忙しく働かせたためか、少しの痛みを感じた。

「うえ……、ううえ……」

くしゃりと口も目も歪ませた僕は、目からこぼれる涙も、のどから上がってくる嗚咽《おえつ》も止められない。

僕は、ただ母の胸に顔をうずめて泣きじゃくった。

泣きながら、〝四歳〟、〝彼女〟と聞いたばかりの単語がリフレインされる。

先ほどすれ違った幼い少女の姿が思い起こされる。

まさか。

先ほど、自分の価値観を変えるほどの衝撃の演奏を聴いたばかりだ。

ディジョネッタ・ジャレット夫人は、四歳の少女がその演奏の源になったのだと語った。

たった今、両親が僕の生き方を認めてくれた。

両親は、四歳の少女が教え気づかせてくれたのだと言う。

ああ、ステラ・ジャレット。

彼女を知りたい。

彼女に、お礼を言いたい。

たった一日で僕のことを変えてしまった彼女。


気づけば僕は、泣き疲れ眠っていた。

自室へ戻ったあとも、自らに訪れた怒濤《どとう》の変化についていけずに知恵熱を出した僕を、いつも以上に過保護な兄が見舞ってくれた。

珍しく熱を出した僕に、看病の仕方がわからず普段の猛々《たけだけ》しさは鳴りを潜めオロオロと右往左往する兄の姿を見た僕は、数年ぶりに出すような大きな声を出して笑った。

そんな僕を見た兄も笑う。

「ジョン兄さん、あなたが太陽のように輝くなら、僕はそれを映す月になる。あなたを、民を、守る手伝いがしたいんだ」

「知ってるよ」

当たり前みたいにあっけらかんと言った兄に、やはり敵わないなと僕はまた笑った。

兄には「そうやって笑うお前もわかりやすくていいな」と笑って言われたけれど、僕はそれから数日、顔の筋肉痛に悩むことになるのだった。

【デイヴィス】

一七歳。主人公の二つ上の先輩で生徒会長。

第二王子。

（ゲーム「学園のヒロイン」公式ファンブックより）

ほとんど表情を動かさない冷静な人物で、外見の美しさとその様子から『氷の王子』と呼ばれている。様々な学問や芸術に精通している知性派でもある。

四歳年上の第一王子とは正反対の性格で、仲が悪い。

誰よりも優秀な兄が周囲に認められるのに対して、優秀ではあるが兄には及ばずずっと比べられてきたために自尊心が低くて無気力。

ピアノを弾くことが得意でピアノをきっかけに主人公と出会う。

兄に対してのコンプレックスから萎縮していたが、主人公に自分の良い面を認めてもらえたことで、少しずつ自尊心を取り戻し、周囲への態度を軟化させていく。

主人公の前でだけ、無表情な彼が微笑みを見せることも。

「そこをどいてくれるか」

「…………君には関係のないことだろう」

「笑った？　この私が？」

第二二章　大天使ステラちゃん、小悪魔リリーと出会う

「お医者の先生。どうかな、だいじょうぶかな」

「はい。お任せください」

そう言って振り返ってくれたお医者の先生は、私の顔を見た途端に眉を下げた。

不安で、心配で、胸が苦しい。

「ああ、ステラ様。そのようにつらそうな顔をなさらないでください。私も門外漢ではありますが、手を尽くします。きっと救ってみせます」

心配で心配で、それでもお医者の先生のお部屋に入れてもらえない私は、チャーリーに何度促されても、お部屋の前から動けなかったの。

隣には、お医者の先生から授業を受けていたダニーが私と同じように部屋から出たところで、私の手を握って付き添ってくれている。

お医者の先生。

虎さん。

神様。

その子を助けてあげて。

私、いい子にするから。

私はダニーの手をぎゅって強く握り返して、汗を拭いながら治療してくれているお医者の先生の横顔を、お部屋の外から見ていることしかできなかった。

●
◆
●

今朝はとっても寒くて、家庭教師の先生の来ない日だけど、お出かけはできそうになかった。

暖炉のあるお部屋で、私はチャーリーと絵を描いて遊んでいたの。

「ステラお嬢様。雪が降り始めましたよ」

「本当！　チャーリー！」

窓辺に行ったチャーリーが、カーテンをちらりと開けて見せてくれる。

最近ずっと寒くなってきたから、雪が降るのはいつかなあって、チャーリーとお話していたところだったの。

私も持っていたペンを置いて、窓に近づく。

チャーリーは、腕にかけていたブランケットを私の肩にそっとかけてくれた。

「チャーリーありがと！　ぬくぬくだねぇ」

私はお礼を言いながら、分厚いブランケットに埋もれるみたいに首をうずめて、ぬくぬくとその温かさを満喫する。

窓から見えるお空は冷たそうな色をしていて、チャーリーの言ったとおり、チラ、チラって、雪が降ってきていた。

雪が降ると、とってもわくわくしちゃう。

お外には出られなくなっちゃうけど、雪が積もったお庭はとっても素敵なの。

庭師のおじいちゃんが手入れしてくれているお庭は、寒い季節でも、緑の木や色とりどりに咲く花が植えられてる。

そこに雪がうっすら積もると、とっても幻想的で、まるで絵の中みたいに素敵な景色になるのよ。

そういえば、この間、家庭教師の先生に、王都から遠い場所ではもっと積もることもあって、おうちのドアまで埋まっちゃうこともあるんだって教えてもらった。

そのお話を聞いた時は、それはとっても大変そうだなって思った。

おうちのドアが開かないくらい積もる雪なんて、想像もつかない。

そこに住んでる人は、雪が好きじゃないかもしれないなあって、ちょっと思っちゃった。

でも、私は雪が好き。

雪がたくさん降る季節になると、パパがたくさんおうちにいてくれる気がするの。

去年も、その前もそうだったから、今年もきっと毎日雪が降る頃になったら、パパとおうちでたくさん遊べると思うんだけど。

どうかな、どうかな。

私は窓から降る雪を見て、おうちのドアはふさいじゃだめだけど、でも毎日たくさん降ってねってお願いするみたいに思ったの。

「チャーリー、少しだけお外に出てもいい？」

「はい。ステラお嬢様。寒くないよう上着をご用意しましょう」

チャーリーが女性の使用人さんに声をかけてくれて、あったかい服の用意を頼んでくれる。

取りに行ってくれる使用人さんが、私の今の服を確認するみたいにこっちを見てくれたから、お礼を伝えたくて、私は両手を口の横に添えて、「あ・り・が・と・う」って声には出さずに、口の動きだけで伝えてみたの。

ちゃんと伝わるように一音ずつ、ゆっくり口を動かして、語尾までしっかり「うぅー」ってやったよ。

お作法の先生に、レディは大きな声は出しちゃだめって習った私は、考えたの。

少し離れたところにいる使用人さんにも、口パクならお礼を伝えられるんじゃないかって。

そしたら使用人さんは、いつもとちょっと違うへにょってした笑顔になって、笑顔のままで目をつぶってしばらく斜め上を見た。

どうしたのかな。

五文字もあるのは、ちょっと難しかったかな。

でも、そのあと私に目線を戻してくれた時にはもういつもの笑顔で、「どういたしまして」って声に出さずに返してくれた。

ちゃんと伝わったみたいで良かった。

私は嬉しくって、上着を取りに部屋を出ていく使用人さんに小さく手を振りながら、口パクはなかなかいいアイデアかもしれないなって、自分を褒めてあげたくなっちゃった。

そんなことを考えながら、お外に出るためのドアの近くまで来た時、ドアの向こう側、お外から何か聞こえた気がしたの。

「イ……、ニィ……」

なんだか、鳴き声みたいな声が聞こえる。

「ニィ、ニィ」

助けてほしいって言ってるみたい。

そう思った瞬間、私はドアに向けて駆け出していた。

だって、とっても弱々しい声。

助けてあげなくちゃ。

「お嬢様!」

チャーリーの慌てたような声が聞こえる。

私がドアに駆けていったって、お外に出るための重たいドアは開けられない。

でも、いても立ってもいられなかったの。

チャーリーはすぐ私に追いついた。

止められちゃうかなって思った時。

「私が様子を見ますので、ここで」

チャーリーは何も聞かず、すっと私の前に腕を回すようにして抱き留めると、そのまま私を後ろにやって、入れ替わるように自分が前に出た。

一度、私に視線を向けてくれたチャーリーの目は、「任せてください」って言ってるみたいで、チャーリーなら信じられるって思って、私は一度頷いて、立ち止まった。

チャーリーが出したままの腕は、私を庇《かば》うみたいにも、私を押しとどめるみたいにも見える。

チャーリーが玄関のドアを小さく開けて、外の様子をうかがう。

そうしてすぐに、足元に何か見つけたみたいで、「そこでお待ちください」と言って、外へ出ていった。

支えをなくしたドアはゆっくり閉まったけど、一拍と置かずにすぐ開けられた。

戻ってきたチャーリーの腕には、彼が着ていた上着に包まれた、先ほどの鳴き声の主がいるようだった。

服に包まれて、その姿は見えないけど、中からくぐもった鳴き声が聞こえている。

入ってきたチャーリーは、おうちの中へ進む足を緩めないまま教えてくれる。

「まだ小さな子です。鳥にやられたようで、ケガをしています」

「お医者の先生に！」

「はい。すぐに」

私も、チャーリーに置いていかれないように歩き出す。

チャーリーは、私が言う前からお医者の先生のお部屋があるほうへ向かってくれていた。

小さな鳴き声は、途切れず続いているのに、チャーリーが包むように持っている腕の中の服からは、身じろぎひとつ伝わってこなくて、私はなんだか嫌な予感がしてしまった。

この声が途切れないうちに。

早くお医者の先生にみてもらわなくちゃ。


「お嬢様。ステラお嬢様」

お医者の先生の声がする。

お医者の先生が処置を始めてからしばらくして、私はお部屋の外で眠っちゃってたみたい。

気づかないうちに、私とダニーは、廊下を埋め尽くすほどのブランケットや毛布に包まれて、もこもこになっていた。

正面に、しゃがみ込んだお医者の先生がいる。

「フットマンの少年や、執事や使用人が、家中からかき集めていましたよ」

お医者の先生は、毛布の端をつまんで苦笑いしている。

どうしてもここを離れなかった私を、みんな心配してくれたんだ。

隣で、同じように毛布に包まれたダニーは、まだ眠っている。

彼は、眠っていても、私の手をぎゅっと握ってくれたままだった。

みんなにも、ダニーにも、あとでたくさんお礼を言おう。

「お医者の先生……」

私の聞きたいことは、言葉にしなくても伝わったみたい。

優しいお顔のお医者の先生は、しっかりと頷いてくれた。

「良かったぁ」

私は力が抜けちゃって、もごごって毛布に埋まっちゃう。

「さあ、もう部屋へ入っても構いませんよ。彼女はまだしばらく安静が必要で、眠ってしまっていますが」

〝彼女〟っていうのが、鳴き声の主さんみたい。

お医者の先生は「ダニー、起きなさい」と声をかけて、ダニーを起こしながら、私の手を握っているダニーの手の指をゆっくり外してくれる。

お互い力いっぱい握ったままだった手は、なんだか固まっちゃってたみたい。

ダニーは起きて目をこすりながら自分で歩いて、私はお医者の先生に毛布ごと抱き上げられるみたいに抱えられて、お医者の先生のお部屋の中に入っていった。

「わあ、猫さん……」

そこにいたのは、白い猫さんだった。

私は、お医者の先生に抱き込まれたまま、机の上に置かれたカゴの中を上から覗き込む。

木で編まれたカゴの中にはふわふわのタオルが敷かれていて、その上で猫さんは目をつぶって眠っていた。

頭から長いしっぽまで全部真っ白な猫さんは、お腹がゆっくり上下に動いている。

猫さんの毛並みは乾いていて、小さいからだは痩せている。

治療のためにかあちこち毛が剃《そ》られ、その体毛と同じ真っ白な包帯が巻かれたり、ガーゼが貼りつけられたりしている。

丁寧に身を清められたのか、包帯などの治療の形跡の他には、汚れも血の跡もない。

猫さんのそばには、チャーリーが付いていてくれていた。

猫さんのために上着を脱いだチャーリーは、いつもパリッと着ているシャツも珍しくくたびれて、なんだかいつもの笑顔も弱々しい。

「お嬢様、お体は冷えてらっしゃいませんか？」

「チャーリー……」

猫さんを助けてくれたチャーリーにいっぱいお礼が言いたいのに、また眠気が襲ってきて、うまく言葉にならない。

チャーリーがいなかったら、きっとこの子を助けられなかった。

ありがとうって伝えたい。

そうだ、この毛布も持ってきてくれたって。

「心配かけてごめん、なさい。毛布も……、いっぱい、ありがとお……」

猫さんの無事な姿に安心して、毛布に包まれてあったかくて、どんどん眠たくなる。

「おやすみなさいませ、お嬢様。起きたら食事ができるよう、軽いものを準備させましょうね」

お医者の先生に抱かれて、毛布の海に沈んで、チャーリーがかけてくれた優しい声に返事もできないまま、私は眠ってしまったみたいだった。


「リリー、そっちに行ってはだめなのよ」

元気になった猫さん、〝リリー〟は気まぐれで、いつもそっけない気分屋さん。

治療の日から、お医者の先生のお部屋で眠って、ごはんを食べて、リリーは少しずつ少しずつ元気になっていった。

お医者の先生は、「ダニーもいるし、傷の手当てもありますから、面倒は任せてください」って言ったけど、私にできることはなるべくさせてってお願いして、世話を焼かせてもらった。

数日もしないうちに艶々の毛並みになったリリーは、大人しくて、お医者の先生は「大人の猫だよ。女の子だ」って教えてくれた。

もうすっかりケガの跡も目立たなくなって、一度は剃られちゃった毛も少しずつ生え揃ってきてる。

リリーの名前は私が考えたの。

子どもの猫さんなら、ケガが治ったら親猫さんのところに返してあげたほうがいいけど、大人の猫さんで、一度外で怖い目にあっているから、飼ってやるのもいいんじゃないかってお医者の先生は言ってくれた。

パパもママも、この子をおうちで飼うのに賛成してくれて、「お名前をつけてあげたらどう?」って言ってくれたの。

どんな名前が良いかな、元々呼ばれていた名前はないのかなって、色んな言葉をかけてみたけど、猫さんはずっとそっぽを向いてるか、聞こえてないみたいに去っていくだけだった。

そんなある日、私は窓辺に座って毛づくろいをしている彼女の姿を見て、思ったの。真っ白な体に、金色のお目々は、なんだか窓辺に百合《ゆり》のお花が飾られているみたいだなって。

そう思った途端、不思議と〝リリー〟って言葉が連想されたのよ。

私は、頭に浮かんだその言葉の響きが気に入って、「〝リリー〟はどうかな」って彼女に話しかけたの。

そしたら、初めて猫さんはお耳をこっちに向けてくれて、少しあとにしっぽを一度だけブンと振ってくれた。

猫さんは、前に私がしつこく話しかけてしまった時に、しっぽをびったんびったん机に叩きつけて抗議したことがあったけど、今回のしっぽは、「悪くないじゃない」って言ってるみたいに思えた。

もう一度「リリー」って呼んでみたら、彼女はチラッと一度目線を寄越してから、長くてしなやかなしっぽをピンと立てて、トットットッと珍しく足音を鳴らしながら歩いていったの。

それを見ていたお医者の先生も、「きっと気に入ったんだね。不思議な響きだけど、あの子にぴったりな素敵な名前だ」って賛成してくれて、私は彼女を「リリー」って呼ぶことにしたのよ。

もうお外はすっかり雪化粧する季節になっていた。

毎朝、起きて外を見ようとすれば、窓は白く曇って氷みたいに冷たくて、お庭にはうっすらと雪が積もって白んでいた。

私はすっかりリリーに夢中。

あんなにパパがおうちにいてくれるのが楽しみだったのに、私は朝ごはんを食べたあとも、お勉強の合間も、寝る前だって、いつでもリリーのそばをついて回った。

リリーは気まぐれで気分屋さん。

私になんか興味なさそうにしてるのに、私がお勉強でリリーのそばにいないと、わざとお勉強している部屋にやってきて誘惑するのよ。

そんな時だけ、「撫でてもいいのよ」とでも言いたげに、見えるところに寝転んでしっぽをゆらゆら、無防備にしているの。

「あら、リリー様。今日もステラ様のベッドで眠るんですか？」

女性の使用人は、お嬢様の部屋の前でドアを開けてもらうのを待っていた白猫に話しかける。

白猫はツンとすましたまま、「早く開けなさいよ」とでも言わんばかりだ。

女性の使用人は手慣れた様子で彼女をお嬢様の部屋へ通す。

ベッド横のサイドテーブル、水差しやコップを入れ替えている間にも、高貴な白猫はストンと柔らかなベッドの上へ飛び上がり、もみもみと布団を踏んで寝床を整える。

お嬢様はそんなことには気がつかず、スヤスヤと、健やかな寝息を立てて眠っている。

「おやすみなさいませ。ステラ様。リリー様」

女性の使用人は音を立てないよう、静かに扉を閉めながら、布団の上からぴったりと、お嬢様に寄り添うように眠る白猫を見やる。

お嬢様が寝てしまってからしばらく、毎日彼女のベッドで眠る高貴な白猫。

白猫は、いつもお嬢様が起きる前にベッドから下り、部屋から出ていってしまうことを女性の使用人は知っていた。

お嬢様はまだ白猫が添い寝していることに気づいていない様子で、白猫が素っ気ないのだと言いながら付いて回ってらっしゃる。

「お嬢様を虜《とりこ》にするなんて、小悪魔な猫ちゃんね」

扉が閉まる。

お嬢様を魅了している白百合のような白猫の姿を思い、女性の使用人は小さく苦笑いをこぼした。

そして、最近ずっと執務室にこもって拗《す》ねている屋敷の主人のことも思い出した彼女は、お嬢様が早く父親のことを思い出してくれるようにと願うばかりだった。

第一三章　大天使ステラちゃん、お客様をおもてなしする

「ステラ！　チャーリー！　久しぶり！」

「マルクス！　いらっしゃい～」

「マルクス・ミラー様、前回の訪問から一週間も経っておりませんよ」

今日もまた、マルクスは私のおうちに遊びに来てくれた。

マルクスはこの間、おうちでやった私のお誕生日会にゲストとして来てくれたから、六日ぶりかな。

マルクスがせっかくプレゼントを用意してくれたのに、パパが「素敵な模擬剣だね、飾っておこう」って言って、お部屋の高いところに飾っちゃったから、私は一度もプレゼントの剣を振れていないの。

一緒にお祝いに来てくれていたマルクスのパパとママは、マルクスがくれたプレゼントを見て、なぜかパパにぺこぺこ謝っていたけど、なんだったのかな。

そう、私は、誕生日が来て五歳になったのよ。

誕生日プレゼントは、今年もパパとママに『同い年くらいの子たちにプレゼントをあげて』ってお願いしたの。

そしたら、「ステラも五歳になったから」って、今度、パパと一緒に孤児院を併設している教会に行くことになったの。

パパが、「全員には無理でも、この街の子には直接会って渡してあげたらどうかな」って提案してくれて、すごくドキドキするけど、パパと一緒なら行ってみたいって言ったの。

「お、リリー。邪魔するぞ」

私たちと一緒のお部屋、隅っこのほうにいたリリーは、マルクスが来たらさっさと出ていっちゃった。

お医者の先生のところに行ったのかな。

リリーはおうちの中が好きみたいで、色んなところを自由に歩いているけど、私の部屋とお医者の先生のお部屋の窓辺がお気に入りみたいで、そこにいることが多い。

「マルクス。今日は、最近描いている絵を完成させようと思っているんだけど、一緒にどうかな」

「ああ。いつも約束もせず訪ねてきているんだ。もちろんステラの予定に合わせる」

そう言ってマルクスは、「せっかくの機会だが、チャーリーとの手合わせは持ち越しだな」って笑った。

それに対して、チャーリーが笑顔のまま冷ややかに返す。

「お言葉ですが、手合わせするなどと、私は一度も言ったことはありませんよ」

チャーリーの笑顔はいつもどおりだけど、マルクスがおうちに来るたびに手合わせをねだるからか、チャーリーのマルクスへの態度はちょっと厳しめな気がする。

いつもマルクスが話してくれる訓練の話は面白くて、一度だけ「私も見てみたいなあ」ってお願いして、マルクスとチャーリーで手合わせをしてみせてもらったことがあるの。

門番さんが、審判役で一人付いてくれて、お庭でやることになった。

私は二人から離れたところで、おじいちゃん執事のヘイデンに付き添われて見ていたの。

模擬剣を使って始まった手合わせは、何度か激しく打ち合ったあと、チャーリーが勝った。

何だかチャーリーは、マルクスよりも、門番さんやヘイデンの反応が気になるみたいで、すごく緊張してたみたい。

マルクスが八歳で、チャーリーが一五歳だから、身長も体格も全然違うのに、しばらく打ち合えちゃうマルクスは、やっぱり騎士隊長のフリューゲル・ミラーさんの息子さんなんだって、すごいなって思ったよ。

その後、門番さんとヘイデンの笑顔を確認したチャーリーが、打ち合いの時には出てなかった汗をダラダラ流し始めて「私は徒手格闘のほうが得意です」って言って、マルクスも嬉しそうに応じて二戦目をした。

剣は置いて、素手で二人が向き合って、今度はどうなるかなって思ってドキドキした。

集中して見てたつもりだったのに、開始の合図と同時にチャーリーが消えちゃって、気づいた時には、マルクスはチャーリーに地面に押さえ込まれてたの。

「すっっ！　すっごおい！　チャーリーすごいね！　強いんだ！　私のひつじさんはとっても強いんだねぇ！」って、私はすごく興奮しちゃった。

それまで、たまに遊びに来ていたマルクスは、それからというもの、私のお勉強の先生が来ない日には必ず遊びに来るようになって、来るたびにチャーリーに「手合わせしないか」って誘ってる。

チャーリーが「仕事中ですので」って断ると、また私が見たいって言わないかなって、マルクスがこちらをチラチラ見るんだけど、チャーリーがそんなに乗り気じゃない気もするし、もう見るのはいいかなって思ってる。

強いチャーリーはすごくて格好いいと思うけど、速すぎて見えなかったんだもん。


「なるほど、一枚一枚の絵がそれぞれのシーンになっていて、順番に見ていくと物語になっているのか」

「そうなの。盛り上がるところは特に豪華に描いているのよ」

「面白いな。完成させるってことは、今日は、ラストシーンを描くのか？」

マルクスが、私とチャーリーが描いた絵を一枚ずつめくって、興味深そうにしてくれてる。

頑張って描いたから、おうちの人以外にも見てくれる人がいるのは嬉しいなぁ。

私はラストシーン用の画用紙を取り出して、どういう絵にしようか、どんな色を使おうかって、いつもみたいにチャーリーと話しながら決めていく。

でも、せっかく最後だから、他のどのシーンよりも豪華にしたいねって、悩んでいたの。

そうしたらマルクスが、「色のついた紙を貼ったら、質感が出ていいんじゃないか」って言ってくれたのよ。

思わず、チャーリーと顔を見合わせて、二人で「マルクス様、天才!」「マルクスは天才ね!」って叫んじゃった。

「色紙を用意させましょう」

チャーリーがそう言って、お部屋の外にいる使用人さんに声をかけようとドアを開けた時、少し慌てたような女性の使用人さんがやってきて、チャーリーに何かを伝えた。

「ステラお嬢様、お客様がいらしたそうです」

チャーリーは、さっきまでの一緒に遊んでる時の顔じゃなくて、フットマンさんの顔になって教えてくれた。

「私に?」

「はい。旦那様も、お客様と共にご帰宅されたそうです。準備をしてから来るように、とのことです」

パパがおうちでお客様をおもてなしすることはたまにあるけど、私も呼ばれるのは初めて。

パパとお客様には、マルクスもいるってことは伝わってるらしくて、一緒で構わないんだって。

私は一度、女性の使用人さんと私の部屋に戻って、お着替えと身だしなみを整えてから、チャーリーに先導されて、マルクスと一緒にお客様が待っているお部屋に向かったの。

お客様をおもてなしするお部屋は、応接室っていうんだって。

初めて入るなあって、ちょっと緊張する。

チャーリーにドアを開けてもらって中に入ると、パパと向かい合う位置のソファーに、三〇歳くらいに見える男性と、マルクスと同い年くらいに見える八歳くらいの男の子が座っていた。

二人ともお揃いなのか、黒いズボンに白いシャツで、形が同じサイズ違いの眼鏡をかけていてとっても似てる。

親子なのかな？

私は、スカートをつまんで礼をして、「ステラ・ジャレットです。お目にかかれて、こうえいです！」って挨拶した。

なかなか上手にご挨拶できた。

お作法の先生に習ったことを実践する機会はそんなに多くないから、今回は自分でも満足の出来だなって、ちょっと嬉しい。

「ステラ嬢、久しぶりだ。覚えているだろうか」

男性が、座ったまま私に声をかけてくれた。

こっちを見た男性の眼鏡が、キュピーンって光を反射していて、目元はあんまり見えない。言ったあと、「ふむ」って結ばれた口元は、どこかで見たような気がする。

「……あ！　バード様とサラ様の！」

「正解だ。半年ぶりだが、よくわかったな。さすがというべきか」

眼鏡の男性は、ママのピアノの発表会で、バード様とサラ様と一緒にいた人だった。

「おひさしぶりです。たしか、えーっと」

お名前も聞いた気がするのに、思い出せなくて悩む私に、チャーリーがそっとお耳に口元を寄せてこっそり教えてくれる。

「ニール様、と呼ばれておいででした」

「そう！　ニール様！　サラ様にそう呼ばれてらしたもんねぇ、チャーリーはやっぱりすごいねぇ！」

覚えてくれていたチャーリーに、私はびっくりしちゃった。

チャーリーは一瞬だけおやって目を丸くしたあと、柔らかく微笑んで「お役に立てて何よりです」と言ってくれた。

眼鏡の男性が「ふっ」と、思わずという風に吹き出す。

それからひとしきり肩を震わせてから、男性は少しだけ笑い皺《じわ》の残る目元で、こちらを見つめてきた。

眼鏡の奥は、知性を感じさせる涼やかな目元だった。

話し方とかも、計算やお金のことを教えに来てくれる、お勉強に厳しいおじいちゃん先生にちょっと似てる雰囲気の人だなって思った。

「優秀な執事を控えさせているようだね、ステラ嬢。そう。私はサラ様にニールと呼ばれていた男だ」

そう言って、その場にゆっくりと立ち上がった男性はパパと同じくらいか少しだけ低い身長で、運動はあんまりしないのか筋肉がついていない細身だ。

男の人にしては長めの黒髪が、立ち上がる動きに合わせてふわりと揺れた。

軽く腰を折ってきっちりと礼をしてくれた男性は、自己紹介をしてくれる。

「ニール・レッグウィークという。一応、この国の宰相だ。先日は、自己紹介もしないままだったから、名前は覚えていなくても減点対象ではない。安心しなさい」

それから上体を起こすと隣の男の子を指して、「息子のルイだ」と言った。

ニール様に促されて、ルイ様も立ち上がる。

そのお顔はニール様そっくりだけど、なんだか怒ってるみたいな仏頂面だ。

「ルイ・レッグウィークだ」

言うなりすぐに座ってしまった彼はとっても無愛想で、眼鏡をしていて顔も伏せがちだから、ニール様と同じ長めの黒髪が顔にかかっていて、どんな表情をして名乗ったのかはよくわからない。

「ルイ、ニール様、お久しぶりです」

隣にいたマルクスが二人へ話しかけた。

マルクスは彼らと知り合いだったみたい。

ルイ様はお返事がなくて、ニール様は「ああ。訪問中に邪魔をして悪いな」と言った。

マルクスは私に視線を向けると、「家族で招待を受けるパーティーで、一緒になったことが何度かあるんだ」と教えてくれた。

マルクスのパパのフリューゲル・ミラーさんは騎士隊長さんだから、国の宰相のニール様や、その息子のルイ様とは、同じような集まりに呼ばれることが多いんだねって納得した。

「今日お邪魔させてもらったのは他でもない。ステラ嬢に――」

そこまでニール様が話し始めた時、その声に被せるようにして、ルイ様が勢いよく立ち上がった。

バンッと、目の前のテーブルに両手をついて立ち上がり、前のめりに私を睨《にら》みつける。

パパとマルクスと同じソファーに並んで座っていた私は、ルイ様のその様子にびっくりしちゃった。

彼は、すごく怒ってるみたいで、私を睨むみたいに見ている。

「お前がベルニクス先生の研究を盗んだのか！」

ルイ様が私に大声を上げた。

びっくりした様子のニール様が、慌ててルイ様をソファーに引き戻して、ルイ様は尻もちをつくみたいにしてソファーに座ったけど、ルイ様は私を睨んだままだ。

パパは前を向いたまま、私の側の手を挙手するみたいに上げた。

パパは、私の後ろに立って控えていたチャーリーに、片手をかざして何か合図したみたいで、動こうとしていたチャーリーが止まり、居ずまいを正した気配がした。

何を言われているのかわからないけど、ドキドキするけど、なんだか少し怖いけど、ルイ様は私に怒ってるってわかるから、お話を聞かなきゃって思った。

「……く、くわしく聞かせてください」

ドキドキして、ちょっと声が震えちゃう。

「な！　言い訳でもするつもりか！」

ルイ様が叫ぶみたいにもっと大きな声を上げる。

ルイ様のパパのニール様はとってもびっくりしたお顔のままで、抱きつくみたいにしてルイ様を押さえ引き寄せた。

「突然何を言っている⁉　どうした！　落ち着け！」

「…………！」

私と変わらない小さい体のはずのルイ様は、それでも私をじっと睨みつけていて、押さえられてなお体中にぐっと力が込められているのがわかる。

今度は隣でマルクスが立ち上がりかけたけど、後ろのチャーリーがマルクスの肩を押さえて座らせたみたいだった。

私は、どうか涙が出てきませんようにって、目にきゅっと力を込めて、お勉強で習ったことを思い出しながら口を開く。

パパが止めないってことは、私がなんとかできるってことだと思う。

心臓がうるさいけど、私がちゃんと勉強してること、パパに見てもらうの。

ちゃんとできたら、きっとパパはたくさん褒めてくれるから。

「まずは、お話を、聞かせてください。『ベルニクス先生の研究をぬすんだ』かどうかを、ルイ様は問われたのですよね」

「そうだ！　お前が、先生の発表前の宇宙構造論を盗んだんだろう！」

「ルイ様は、『先生の発表前のうちゅうこうぞうろんを、ぬすんだ』ことについておっしゃっているのですね」

「そうだ！　父上や、陛下の前で太陽と星の構造関係を語ったと聞いている！　盗んだに決まってる！」

途中、ニール様が悲鳴のように「やめないか！」と声を上げたけれど、ルイ様は聞く耳を持たず、パパもやんわりとニール様を諭すみたいに身振りで伝えたみたいだった。

パパが私に任せてくれようとしているのがわかって、それが何となく嬉しかった。

「私が『ニール様やへいか？　の前で、太陽と星のこうぞうかんけいについて語った』の
を、ルイ様は『ぬすんだ』と思われたのですね」

「そうだ！」

会話を続けながらも、ドキドキしちゃってる。

こうだったよねって合間でこっそりパパを見たら、パパはほんの少しわかるかどうかくらいの小ささで頷いてくれた。

将来店長さんになるためのお勉強で、お店のサービスに不満のあるお客様のお話の聞き方は教えてもらっている。

興奮しているお客様は、まず座っていただくこと。

時間をかけてお話を聞くこと。

否定する言葉は使わない。お客様のお話は復唱して確認して、お客様の口からも肯定の言葉を繰り返し言ってもらう。

お客様の訴えを細分化していって、お客様が不満に思っている点を明確にするのが大事。

練習じゃないのは初めてで不安だったけど、教えられたとおりにやるぞって思いながらやればちょっとずつだけど落ち着いてルイ様のお話を聞くことができた。

ルイ様が私に言葉を向けるたびに、何度も復唱して、ルイ様の言葉を確認することを繰り返す。

ルイ様も、時間をかけたからか、少しずつ声の勢いも弱まってきて、ニール様の手が離れても座ったまま、さっきまでの激しい怒りは収まってきたみたい。

「ルイ様は、ニール様から私がした話を聞いて、それがベルニクス様という方のけんきゅうないようと、よくにてるって気がついたんですね。それがとうようされたんじゃないかって、心配されたってことですね」

「そ、そうだ。お前が、ステラ嬢が語ったという内容は、ベルニクス様の宇宙構造論に酷似している」

ルイ様が私を名前で呼んでくれたことで、落ち着いてもらえたんじゃないかなって思ったらほっとして笑顔になった。

ルイ様はもう睨んでいるようではなくなっていて、私が笑顔になった瞬間にたじろぐようにして目線を泳がせた。

もうルイ様から怖い雰囲気はなくなっていて、私も力が入っていた体から力が抜けていく。

「ルイ様が心配されたお話は、わたしも気になっちゃうお話です。実はわたし、お日さまやお月さまの話をした時、もしこうだったらっていうお話のつもりで話してたんです」

むしろ、ルイ様の言う宇宙のお話に興味が出てきちゃった。

私の言葉を一言一言飲み込むように聞いてくれていたルイ様が、徐々に驚いたように目を丸くさせていく。

私は笑顔になっちゃったままでお話を続けた。

「ルイ様のお話は、私がこうだったらいいのになあって思ったうちゅうのお話を、本当にそうじゃないかって、けんきゅうされている方がいらっしゃるということですか？」

「そ、そうだ！　夢のような話だが、事実かもしれんのだ！　これまでの天文学の定説を揺るがすほどの革新的な研究だ！」

ルイ様の目がキラッて光って、私の目もキラキラになって「すごぉい！」って言っちゃう。

「じゃあ、じゃあ、私たちのいるこの場所も、お星さまみたいにお空に浮かんでるってことなのかなあ」

「ああ！　そう、そうなんだ！　しかも、先生の唱える宇宙構造論は、私たちの国や星のひとつに留まらない！　広い視点で宇宙を見て、宇宙全体を構造体として捉えた画期的な説なんだ！」

「じゃあねえ、お星さま同士が引っぱり合って大きなお星さまの集まりになったりねえ」

「ス〜〜テラ嬢っ！　素晴らしい!!　なるほど君は発想が素晴らしいようだね！　まさに！

まさにそうだよ！　先生が今仮説として立てているのは、我々に重力が働き地面に引き寄せられるように、巨大な星に他の星々が引きつけられているのではないかというものなのだよ！」

「そうなんだねえ、すごいねえ、面白いねえ」

私はわくわくしてルイ様とお話をしていたけど、ハッとしてパパやニール様やマルクスのことを思い出した。

途中からルイ様に大人のお話の仕方じゃない話し方になっちゃってたのにも気づく。

「あ、わ、わたしお話にむちゅうになっちゃって、です。えっと、ニール様たちをおもてなししたいから、えっと、みんなでお話しましょう……？」

ルイ様のお話は本当に面白そうで、何のお話をしてたんだっけってわかんなくなっちゃった。

ルイ様のお話は、もっと仲良くなれてからたくさん聞かせてもらおう。

お客様をおもてなしする時は、二人きりで盛り上がらずに、その場にいるみんなが参加できる話をしなさいって、お勉強で習ったことを思い出して慌てちゃった。

ニール様は、頭が痛くなっちゃったのか両手で頭を抱え込んでる。

パパは、よくできたねって言う時みたいに、ニコニコ笑顔で私を撫でてくれた。

褒められて嬉しくて、頑張ったんだよってパパに笑顔を返す。

パパのなでなでは、とっても気持ちがいいのよ。

そうして改めてルイ様を見ると、ルイ様は私やマルクス、チャーリーやパパへと順番に視線をキョロキョロとさせた。

そうして、目線を泳がせて、ギギっと音が鳴りそうな様子でニール様に顔を向ける。

それに合わせてゆっくりと顔を上げたニール様は、ずれた眼鏡も、頭を抱えたことで乱れた髪も気にせず、ルイ様を睨みつけていた。

「ルイ、するべきことは、わかるね」

そう言ったニール様の声は、悪寒が走るほどに冷えきっていた。

第一四章　ゲームでもルイ・レッグウィークはルイ・レッグウィーク

「申し訳、ありませんでした！」


父上と共に私は、初めての体験をしていた。

平民相手に、頭を下げての謝罪だ。

しかし、これは、仕方ない。

私が間違っていたのだ。

父上は、私の過ちに巻き込み頭を下げさせることになってしまって、申し訳なく思う。

私は先入観と間違った正義感から、情報の精査もせずに、目の前の彼女、ステラ・ジャレットを貶《おとし》めるような発言をしてしまった。


父上からステラ・ジャレットの話を聞いた時、私は彼女を鼻持ちならないずるい子どもだと思った。

私の父上はこの国で宰相をしているニール・レッグウィークだ。

父上は知識人として知られ、学問について語り合う時以外はさほど家での口数は多くない。

そんな父上は、半年ほど前の晩餐《ばんさん》の席で、彼女ステラ・ジャレットのことを「見込みのある子どもだ」ともてはやすように語って聞かせてきた。

私は、そんなたった四歳の平民の女児に、大した知識があるとは思えなかった。

どうせ親などを通して知り得た他者の知識を、己が考えたかのように語ったのだろうと。

ジャレット家といえば、その名を冠した商会で有名な、平民の金持ち一家だ。

当主の子煩悩でも有名だったが、どうせその実はただの親馬鹿だろうと思っていた。

大方、その娘は、裕福な家庭で不自由なく甘やかされて、その全能感に酔っているのだろう、と。

知識は、その者の努力だ。

研究は、その者の心血だ。

人がその身を賭してやっと得られたものを、その結果だけを攫《さら》って我が物にしようとするなど、知を探究する者の一人として、許しがたい蛮行だと思った。

父上の話によれば、なんでも、月と太陽、それに我々の住むこの場所を星に例えて、国王陛下と王妃陛下と父上に語って聞かせたのだという。

それを聞きながら、私は怒りに体が震える感覚すらした。

それは、その説は、私の敬愛する天文学のベルニクス先生が研究している内容を、語っているようにしか思えなかった。

先生が長年研究している分野で、宇宙構造論の提唱からしばらく、やっと研究者の中でも支持する声が増えてきた革新的な研究だ。

それを、よく知りもしない子どもが、父上たちの前で自分の発案のように語るなど、盗っ人猛々しい。

父上もベルニクス先生の研究と酷似した部分があることはわかっているらしいが、他人のことをここまで饒舌《じょうぜつ》に語る父上は珍しく、先生の知識を語って聞かせて父上の気を引いたこともまた、私を苛立《いらだ》たせた。

それから、しばらく。

雪解けの季節を待って、私は父上に連れられてジャレット家の邸宅へ足を運んでいた。

父上は私とステラ・ジャレットに交流を持たせようと目論んだようだが、大人しく付いてきた私は、その実、父上の目の前で、気に入らないその子どもの真の姿を証《あか》してやろうとしか考えていなかった。

しかし、今まさに私は彼女へ謝罪の気持ちを込めて、頭を下げている。

私が糾弾のつもりで始めた会話だったが、話してみれば、なるほど彼女は、父上の言うとおり、なかなか見込みのある人物に思えた。

話の理解も良いいし、女児であれば臆してしまいそうな話にも一歩踏み込んでくる。

着眼点も良く、知識があるというよりもむしろ、発想に才能があるように思えた。

私の懸念であった研究についての話が、どうやらただの偶然であったようだと気づいた時には、私は己のした取り返しがつかないほどの愚行を後悔するばかりだった。

父上との謝罪のあと、愛娘への無礼に怒り狂うかと思われたジャレット家の当主、ゲイリー・ジャレットは、寛容な態度を崩さなかった。

娘に、冷静に対応ができたことを褒めてやり、それから私と父上には、「娘に対して強く言う者はあまりおりませんので、良い経験をさせてやれました」と、熱くも冷たくもない声音で言った。

嫌味かとも思い顔を見たが、その顔はそうではないとわかる顔だった。

次期商会長となる彼女にとって、ひとつの経験に過ぎないと、当然のような言い方だ。

それは、私を責めるわけでも許すわけでもなく、少しの緊張感だけを孕《はら》んでいて、私は親馬鹿な平民の男だと侮っていた彼への認識を改め、「そう捉えてくれたこと、感謝する」と心からの謝意を伝えた。

父上は私を連れて帰ろうとしたが、ゲイリー殿は「予定どおり、子どもたちは交流すればいいでしょう」と言う。

「娘は年の近い友人を欲しているんです」と言って、私に片目をつむってみせた彼に、なるほど、子煩悩で有名になるはずだと納得させられた。

ステラ・ジャレットもまた、先ほどの出来事など水に流したとばかりに顔に喜色を浮かべると、ずっと子どもらしい表情で「ルイ様、一緒に遊びましょう」とはしゃぐ。

彼らのおおらかさは、私にも父上にもない部分だと思えて、平民だと見下すようだった気持ちはもうすっかり消え果てていた。


「悪かったな」

彼女の部屋で、私は改めて謝罪の言葉を口にした。

先ほどの自分の態度が、五歳の子どもで女性である彼女に、決してしてはいけないものだったと、考え至ったからだ。

父上とゲイリー殿は、先ほどの部屋で話をするらしく、今この部屋には、私とステラ嬢と騎士隊長子息のマルクス、それとステラ嬢の付き人のような少年、それと、部屋の片隅で白い飼い猫が寝転んでいるだけだ。

「お気になさらず。びっくりしてしまいましたが、こうしてルイ様に面白い話を聞かせてもらえていますから」

手にたくさんの色のついた紙を持つ彼女は、機嫌が良く笑顔だ。

改めて見れば、知的な顔立ちをしている気がする。

「ルイでいい。敬語もいい。普段マルクスと話すのと同じで構わない」

父上は、宰相職に付随した侯爵位に並ぶ爵位を持つが、私はその息子であるというだけだし、宰相の職を継ぐ気はない。

宰相は世襲ではないし、私は研究の道に進むつもりだ。

騎士爵の最高峰である騎士隊長の子息であるマルクスに敬語を使わない彼女であれば、私も同じで構わないと思った。

「本当？　じゃあルイって呼ぶねぇ！　私はステラ！」

彼女は、子どもらしい無邪気な笑顔を向けてくれた。

先ほども一度呼んだはずだが、私が名前を覚えていないと思ったのか、元気に名乗ってくれる。

父上たちの前で見せていたすました笑顔の時には思わなかったが、こちらの笑顔の彼女は、愛らしい子だなと思った。

「わかった、ステラ」

「よろしく！」

思えば、母上がそうであるように、女は学問への興味が薄いものだと思って敬遠していた私は、女の友人など持たなかった。

女性の名を呼び捨てにするなど初めてのことだ。

ステラの名を呼び、彼女が嬉しそうに返した時、自らの鼓動が少し速まった気がした。

不思議に思って胸を押さえたが、その理由はわからなかった。

ステラはマルクスと、フットマンの少年と共に、絵を描いて遊んでいたのだという。

遊びは女児らしいな、と私は先ほどの大人びた彼女を思い出して少しおかしくなった。

フットマンの少年は、私に気遣って使用人としての態度で佇んでいたが、マルクスが「チャーリー」「なあ、チャーリー」と何度も呼びかけるので、名も覚えてしまった。

ステラも彼をしきりに気にしていたから、私も「チャーリー、よろしく。私は遊びに交ぜてもらう身だ、普段どおりにしてくれ」と言った。

笑顔で丁寧な態度の彼は、私に少しの警戒の色を残していた。

きっと彼女の護衛を兼ねているのだろう、先ほどの私の態度のせいであるし、警戒は当然だと甘んじて受け止める。

「それで、何の絵を描くんだ？」

女児が描くなら動物か、花か、家族あたりだろうか。

そう思って聞いたのだが、なぜかマルクスが誇らしげに画用紙の束を持ってきた。

「見てみろよ！　面白いんだ」

「はあ」

子守りのようでもあると思っていた私は、気のない返事をして、さてどこをどう褒めてやろうかと絵の描かれた画用紙を一枚ずつめくる。

三枚目あたりで「もしかして」と声が出た。

どうやら、二〇枚以上はありそうなこれらの絵は、連作になっているようだった。

連作は宗教画などに用いられる手法で、物語の場面場面を絵で表現するものだ。

本来であれば、元となる物語があり、その特徴的な場面を順に描いていくものだが、この絵の束は、絵だけでストーリーを伝えようとしているのか、ところどころ線で囲うようにして登場するキャラクターのセリフが書き込まれている。

その手法もなかなか興味深いが、私はそのストーリーが気になった。

赤と白の謎の球体に顔が描かれている。

それらは物資を運んで街と街を駆け回ったり、外敵と戦ったり、指示を出し合ったり協力し合ったりして、暮らしを守る。

物語というよりも、我々の住むような街や国を、赤と白の球体の視点で描いているような、不思議な絵だった。

そうして、赤と白の球体やその他大勢が今日も頑張っているという絵で締めくくられていた。

私が、「なかなか面白かった」と言って顔を上げると、部屋の隅にいたはずの白猫が、すぐそばまで来ていた。

主《あるじ》であるはずのステラではなく、私のすぐ横で、私と同じように絵を覗き込むように見ていたようである。

「わ！　あっちへ行け！　動物は嫌いだ！」

私は驚いて身をのけ反らすと、手で払うように白猫を追いやった。

「ルイ、ひどい！　リリーだいじょうぶ？」

途端、ステラが普段も大きな目をさらに見開くと、リリーというらしい白猫に駆け寄った。

白猫は平然としているのに、ステラは「痛くなかった？　びっくりした？」とオロオロとして話しかけている。

白猫は、私の手が当たる前にするりと避け離れたのだから、痛いはずがない。

私は距離を取ろうとしただけで、ぶとうなんてつもりもなかった。

驚いたのは私のほうだ。

だいたい、猫に話しかけたところで、言葉の意味がわかるはずもないじゃないか。

私は、無礼な初対面のことすら許してくれたステラに「ひどい」と責められたことに、自分でも驚くほどショックを受けていた。

やがて、リリーと呼ばれた白猫は、主人の少女の甲斐甲斐《かいがい》しさに満足したようにフイと翻ると、部屋の隅へ寝に戻る。

それを見送って戻ってきたステラは、まだ私に怒っているようだ。

戻ってはきても座って俯き、眉間にぐっと力を込めていて、取りつく島もない。

「動物は苦手だ。身の回りにもいなかったし、人と違って意思も知性も持たないあいつらは、何をしてくるかわからない」

怒らせたまま放っておけば、そのうち飽きるだろうに、私はなぜだか、言い訳のような言葉を吐いてしまった。

「意思がないってなんでわかるの……」

ステラが即、低めた声で返してきて、私は言葉に詰まる。

ないものを証明するのは難しい。

それに、動物は思考しないと思い込んでいたがたしかに、先ほどの白猫は、幾ばくかの感情のある動作をしているようにも見えた。

「人の〝知性〟って何よぅ……」

「はあ？」

彼女が続けた言葉に、私は思わず下品な声を出してしまった。

なかなか頭がキレると思った彼女の突拍子もない発言に、何を言っているのかと呆れる。

「こうして語り合っているだろう。学問を学び、知識を蓄えるのは人だからだ」

私は、知性こそが人を作るとすら思っている。

学ばず、思考しないような知性に欠ける者は、人になりきれない動物のようだ、とも。

「語り合うなんて、偉そうなこと言って……、全部、全部カガクハンノウとデンキシンゴウじゃない！」

白猫を雑に扱われたことが、よほど彼女の感情を揺らしたらしい。

ついに彼女の瞳からは、耐えていただろう涙が溢《あふ》れた。

彼女は泣きながら、「リリーにぃ、謝りなさいよぅ」とさらに顔を俯かせて、弱々しく言う。

チャーリーは彼女を支えるように肩を抱いたが、彼もまた顔を俯かせており、表情がうかがえない。

もはや支離滅裂で意味不明な彼女の物言いに、やはり女は厄介なだけかと呆れた顔をしてしまった。

「ルイ」

マルクスの声に呼ばれてそちらを見れば、やつは怒りの形相をしていた。

喧嘩早いことで有名だったこいつなら、友人が泣いている今、飛びかかってきてもおかしくないことに気づき、思わず身をすくめた。

しかし、マルクスは耐えるように握ったこぶしで、「きちんと話をしろ、ステラの話を聞け」と怒りに声を震わせながらも言って、彼女を指差した。

私が彼女を泣かせたことに憤りながらも、こらえるようにしている。

何度かパーティーの席で会った時の粗雑さは鳴りを潜め、強い視線を送ってくる。

ひとつ下で八歳のはずのマルクスの、急に大人びたような様子にたじろぐ。

少し会わない間に彼は変わったようだった。

「わ、わかった。ステラ、話せ」

「う、うぅ、ぐす。泣いちゃって、ごめんなさい」

まずはステラが、自らを落ち着かせようと努力しているのが伝わってきた。

彼女は五歳になったばかりだそうだし、小さな子を泣かせた罪悪感が胸を占める。

「猫に、いや、リリーに乱暴な対応をしてしまって、悪かったな」

「んん、リリーも、絵を見るのに夢中になっちゃって、距離を間違えちゃったから……」

ひとまず、怒りはおさめてもらえたらしい。

「えっと、人の思考の話、だったか……。ステラは、人の知性は大したことがないと思うのか？」

話を聞けとマルクスに言われたことを思い出し、話を戻したが、知性を軽んじるようなステラの意見とは相容《あいい》れなさそうだと嘆息した。

「……そもそも、ルイは、思考って、人って、何だと思う？」

思わぬことを聞かれ、瞠目《どうもく》する。

「人は、人だ」

哲学を知った気になった若者のような回答になってしまった。

自分でも中身のないことを言ったと思う。

「その絵、どう思った？」

「は？　……国か街の構造のようだと思ったが」

突然の話題の転換についていけない。

やはり支離滅裂だ、と思った時だった。

「それ、人だよ」

「はあ？」

再び、間の抜けた声を出してしまった。

「どこが、人だって？」

ペラペラと一番上の絵からめくる。

そうして、ある可能性に気づく。

「まさか、血液」

医学と衛生について習う時の思考に、頭が切り替わる。

赤い球体の色と動きが、人体を巡る血液のそれを連想させた。

ステラがうなずき、仕上げる予定だと言っていた、最後の一枚を見せてくる。

絵が描かれ、色とりどりに塗られたそれは、ステラが持っていた色紙で飾りつける予定だったのだろう。

そこには、大きく人が描かれ、その体の中を透かして描くように、臓器だろう部分がそれぞれカラフルに色分けされ塗られていた。

手元の絵の束を慌ててめくる。

初めに赤い球体が荷物を受け取った街の色と同じ、人体の絵でピンクに塗られた部分は、肺の位置だ。

体内に取り込んだ空気を荷物に例えていたのか。

そうしていくつかの街、つまり臓器《くうき》を赤い球体が荷物を配って回っている。

「では！　白い球体は⁉」

私は夢中になって何度も行ったり来たり、二〇枚以上の画用紙と、彼女が差し出してくれた最後の一枚の絵を照らし合わせて読み解いていく。

「人体の防御機構か⁉　この仕組みは事実かステラ！　では、白い球体に指示を出しているこいつは何だ！」

もう私は混乱と興奮のさなかだ。

「……人って」

俯いたままのステラが呟き、私はハッとする。

そうだ、彼女は「人とは何か」を問うて絵を指した。

では、人とは、構造体の一種なのか？

宇宙のように？

空に瞬く星々のように、ステラの体も、私の体も、構造体としての集まりが、機能しているに過ぎないというのか？

私は自分の至った結論にゾッとする。

今まで信じていた人の尊厳が、知性の尊さが揺らぐ。

「人って、生き物って、奇跡なんだって思うの」

そう言って顔を上げたステラの瞳は緩められ、笑んでいるというのに、その言葉は強く、刺し貫くように私を射抜いた。

「き、せき……？」

「そう、人は宇宙みたいって思うの。色んな要素が寄り集まって、体を動かしてる。心が体に信号を送って、泣いたり、笑ったり。そうしてこうやって温かいな、とか、嬉しいなとか考えてる私は、今この瞬間も奇跡みたいだと思うよ」

ステラの言葉が、洪水のように押し寄せる。

驚き、言葉もなく黙り込んだままの私を、ステラも、その肩を抱くチャーリーも、マルクスも、待ってくれている。

再び、白猫のリリーが、気まぐれにそばまで近づいてくるのが目に入った。

今こうしている間も、私や、ステラや、白猫のリリーの体の中では空気が運ばれ、外敵を排除し、こうしてしている思考のひとかけらすら、心が放つ信号の集まりかもしれない。

しかし、私は、間違いなく思考していて、驚きの感情に支配されていて……。

「では、では、私とリリーはどう違う？　人と動物の差は何だ」

リリーは話を聞いているのか、いないのか。

座って毛づくろいを始めている。

ステラから回答を得られるなんて思っていなかったのに、ステラは優しげにリリーを見ながら、笑みを浮かべて言った。

「そんなに変わらないと思うなあ」

そうだろうとも。

彼女のような視点で見れば、人も動物も、そこにある奇跡の体現であり、きっとその奇跡とは、いのちだ。

それから白猫のリリーを撫でようとして避けられ、「また振られちゃったあ」と全然残念そうではなく言った彼女は、ようやく私へ視線を戻すと、少し思案げに「んー」と言ってから、口を開く。

去っていく白猫のリリーが彼女越しに見える。

一度だけこちらを振り返った白猫のリリーは、「ふふん」と勝ち誇ったように見えた。

たしかに、彼女も人間と大差ない。

「人が何かなんて考えを〝思いつく〟ところは、人らしいなって、私は思うかなぁ」

にへらと笑った彼女の瞳は、先ほど泣いたせいで少し赤くて、私にはとてもとても痛々

しく見えて、今度こそ自分が悲しませてしまったことを強く、強く後悔した。

「思いつく、か」

何を言っていいかわからず、彼女の言葉を繰り返しただけだったが、不思議とその部分が核心であるように感じた。

「何もないところから何かをひらめいて、作っちゃうのはリリーにはできないかなって」

「……たしかに。そこは我々に分《ぶ》があるな」

「可愛さはリリーの圧勝だけどねぇ」

そう言って、白猫のリリーが去っていった方向を見ている彼女の笑顔は柔らかかった。


日が暮れる頃になり、父上のいる客間へと戻った私は、再びステラやゲイリー殿たちへ向かって、腰を折って謝罪をした。

父上に促されたわけじゃない。

己の未熟を思い知ったからだ。

「私の至らなさゆえに、ステラさんを傷つけ、悲しい思いをさせてしまいました。申し訳ございませんでした。私は学び、成長しなければいけないと痛感しました」

ステラはすっかり慌てて「もういいよう〜」と手をぶんぶんと振ったが、私は折った腰も下げた頭も上げなかった。

「ルイ君、またステラと遊んでやってくれ。この子も得るものがあるだろう」

ゲイリー殿は優しい声でそう言って、先ほど彼女にしてやっていたように、大きな手で頭を一度二度と撫でてくれた。

「……はい。彼女に何か与えられるよう、精進いたします」

かつてない殊勝な態度の私を、父上は驚き、不思議そうに見ていた。

帰りの馬車の中、今日の会話を思い出す。

父上は、考え込んだ様子の私に気遣わしげではあったが、放っておいてくれた。

彼女と仲直りをしたあと、絵を完成させた私たちは、使用人が淹《い》れてくれた茶を飲み休憩した。

その時、彼女は言ったのだ。

「ルイは、目が金色なんだねぇ。リリーみたい」と。

ふふっと笑った彼女の笑顔が、頭から離れない。

彼女のことばかり考えてしまう。

今日彼女と交わした言葉に、たくさんの気づきと新たな知識へのヒントがあったはずなのに、思い出されるのは彼女の笑顔や声ばかりだ。

「……もしかしたら……」

そうして、たくさんの彼女の笑顔や、私の金の目を愛《いと》おしげに見つめてきたことを思い出して、ある可能性に思い至ってしまった。

「もしかしたら、ステラは……、私のこと、好きになっちゃったんじゃ……」

ポヤ～っと、頭がふわふわしてきた。

「はあああ」

父上の大きな大きなため息で、慌てて我に返る。

父上は疲れたのか、両手で頭を抱え込んでうずくまった。

私の思考が声に出てしまっていたらしいことに気づいて、慌てて自分の口を閉じたが、顔も随分緩んでいたようで、だらしない顔になってしまっていたかもしれない。

ふと頭の片隅で、いつか、白猫のリリーとも私は仲良くなれるだろうか、と思った。

勝ち誇ったように鼻を鳴らしていた、白百合のような彼女《ねこ》の姿が思考をかすめた。

【ルイ・レッグウィーク】


一七歳。主人公の二つ上の先輩で生徒会書記。

宰相子息。


（ゲーム「学園のヒロイン」公式ファンブックより）

宰相の息子で天才と言われるほど頭が良いが、変人としても有名。

第二王子の補佐だが仲はさほど良くない。

天才的な頭脳を持つがその分周囲を見下した発言が目立つ。特に平民や学習に意欲的でない学生たちを「動物と同じ」と切り捨てることも。

妙に素直な一面があり、学園長にまんまと騙《だま》され学園内で凶悪なテロ事件を起こした。

特別教師として学園で教鞭をとるベルニクス先生のことだけは慕っている彼も、主人公の行動次第ではもしかしたら――。


「俺は悪くない！　こんなことになるなど知るわけがないだろう！　おい、そこの脳筋！どうにかしろ！　今すぐだ！」

「遅い！　遅いぞ！　ノロマで使えん獣まがいどもめ！　フハハハハハヒヒヒ！　ヒィ！ヒィ！　はあ、疲れた、ヒ、ヒヒヒ！　走れ、走れ、走らんとガスに飲まれて死ぬぞ！フハハハハ！　はあ、はあ、はあ」

【学ヒロ】学園のヒロイン攻略スレッド【ネタバレあり】

---

452 名前：名無しのヒロインさん
スチル埋まらない

---

453 名前：名無しのヒロインさん
それな

---

454 名前：名無しのヒロインさん
今回って攻略対象全部で何人？
ダニー、マルクス、デイヴィス、あと保険医は全エンドコンプしたはず！

---

455 名前：名無しのヒロインさん
保険医ｗ　暗殺者のチャーリーねｗｗ

---

456 名前：名無しのヒロインさん
たぶん５人かな？　スチルの残り枚数的に

---

457 名前：名無しのヒロインさん
今作キャラごとに悪役代わるの新鮮だわ～
悪役もイケメン多かったから５人目はその中の誰かと予想
マルクスルートの褐色くん攻略したい～

---

458 名前：名無しのヒロインさん
聞　い　て　！　！　！
５人目隠しキャラ見つけた……！！
４人コンプしてから入学式抜け出して、職員準備室→ベルニクス先生の手伝いで解放！
ステ振りを知力高めにしてたのも関係あるかも！

---

459 名前：名無しのヒロインさん
おおお

---

460 名前：名無しのヒロインさん
すげｗ
隠しキャラ誰だった？ｗｗ

---

461 名前：名無しのヒロインさん
＞＞460
王子ルートのバイオテロ野郎！ｗ

---

462 名前：名無しのヒロインさん
ｗｗｗ

---

463 名前：名無しのヒロインさん
まじかｗｗｗｗ

---

464 名前：名無しのヒロインさん
名前ルイ？だっけ？？ｗｗｗ
たしかにキャラ立ってたけどもｗｗｗｗｗｗ

---

465 名前：名無しのヒロインさん
あの仮面の悪役令息か～
そういえば宰相の息子だっけｗ

第一五章（閑話）ジャレット家の執事長ヘイデンによれば

私はヘイデン。

今の名前は、というのが正しいですが。

顔を変え、名前を変え、長い人生を生きてきた私ですが、齢《よわい》五〇を超えてからこのような出会いがあるなどとは、想像もしておりませんでした。

「おはようございます」

私たち、ジャレット家に仕える使用人の朝は早い。

日の出と同時に起き出し、それぞれの配置に就きます。

私は、旦那様から使用人全員をまとめる立場である執事長の任をいただいています。

老齢にはなかなか酷な立場です。

ですが、元々大人数をまとめる仕事をしていたこともあり、四〇代後半にジャレット家へ仕え始めてしばらくして任されたこの仕事も、特に苦には思っていませんでした。

各々の動きを見極め、適切な配置に就ける。

それは、私がそれまでしてきた仕事と大差ないものだったのですから。

「平兵衛《へいべえ》、早いな」

「その名前は使わないようにと、言ってあるはずですが」

「おっと、すまねえな、ヘイデンさん」

私の注意に、軽薄な笑みを隠し好々爺《こうこうや》の顔になったのは、庭師の翁です。

彼は、昔の私を知っている一人。

私が、この家に仕え、そしてこの身を賭して守るべき主を得たことで呼び寄せた者の一人です。

庭師の彼も、元々は私と同業の者でした。

とはいえ、いわば対抗勢力に属していたわけですが。

「調子はどうですか、ヤードランド」

「ふふ、その名も随分馴染んだよ。いつもどおり、問題ないよ」

何がおかしいのか、翁はくつくつと笑ってみせます。

今でもこの男は、私が「私」と言うだけでもおかしそうに笑うほどなので、よくお嬢様の前であれだけ猫を被っていられるものだと感心することすらあります。

「人手が必要なようなら、業者を入れますが」

「ああ、これは別だ」

植え替えの準備をしているのを見て、大規模なものなら手配を、と思いましたが、これらは業者には見せられない類の植物の準備のようです。

現在は庭師をしている彼は元々、私と同じ東国の『忍び』と呼ばれる隠密の者であり、薬の知識に長《た》けた者でした。

彼の里は、薬となる植物の栽培に長け、薬師であってもその調合で比肩する者はいないと言われる里の長《おさ》でした。

私の里が、武での暗殺や諜報《ちょうほう》を得意にしていた一方で、薬を使ってそれらの仕事をこなす彼ら。

私たちは相容れぬ関係にありました。

「お前らがいるから万が一もないだろうが、それでも備えておけば心配ねえだろ」

「……あなた方の霊薬だけは認めていますよ」

暗に、万に一つも危険に晒《さら》すなと圧をかけられました。

生意気な、とも思いますが、彼らの扱う火薬も、意識を刈り取る無味無臭の劇薬も、そして治癒の奇跡を起こすと言われる霊薬も侮れるものではありません。

庭師の翁は「その霊薬の準備だよ」とあっけらかんと言い立ち上がると、去っていきました。

私は、元々東国の忍びの者でした。

武を磨き、その研鑽《けんさん》の果て、私の里は東国の裏を牛耳るその一角を成していました。

里の長として務めたあと、次代の最も武に長けた者にその地位を譲った私は、里を抜け、この国に渡りました。

この国へ来たのはたまたまです。

諜報のために身に付けた技術があれば、どのような職でも問題なく就くことができるだろうと思えました。

そして、ジャレット商会長のゲイリー・ジャレットに見いだされたのです。

一代で家を大きくしたという彼の家は、なるほど激動のさなかにあるようで、興味深く感じられました。

「人を見る目には自信がある」そう言い切った男の瞳は何かを見通しているようで面白く、私は彼からの誘いに乗ることにしました。

ただの戯れ。

そう、里の長としての任を降り、忍びとして生きる人生を終えた私は、余生を過ごす道楽のつもりで執事の仕事を始めたのです。

ゲイリー・ジャレットは尊敬に値する人物でした。

彼は、一使用人であるだけの私を対等のように扱い、様々な仕事を任せました。

忍びであったことなどおくびにも出さず、ただどこにでもいそうな優秀な執事として働く私は、それでも彼には頼りになると映ったようでした。

いいえ、もしかしたら、彼には私の真の力も見通されていたのかもしれませんが。

大胆な経営手腕も、未来予知にすら思えるほどの先を見通す力も、彼の持つ求心力の全ては、彼の商会の成功を納得させるだけのそれでした。

そんな彼が、雰囲気を変えたのは、彼に娘が生まれ、一年ほどが過ぎた時でした。

それまで、彼は仕事のために生きているような人物で、彼の妻は、芸術のために生きているような人物でした。

彼ら夫婦は過度な干渉はないものの、上手くやっていました。

そして、家のためか子ももうけました。

初めは雇った乳母《うば》に任せるようだった子を、夫婦揃って気にし始めたのはほとんど同じ時期でした。

そして、ゲイリー・ジャレットは人生そのものといった風情だった仕事を調整してでも、毎日屋敷へ帰るようになったのです。

彼ら夫婦の間には、一人の娘。

そして、傍目《はため》に控えていた私も、徐々に彼女、ステラお嬢様の魅力を知っていくことになりました。

ステラお嬢様は、それはもう愛らしい方でした。

赤ん坊とは、愛されるために存在するのだと、彼女を見ていれば嫌でも思い知らされます。

小さないのちがそこにありました。

そしてある日、「あー、うー」と声を出されていた彼女は、甘美な音色を我々へと届けてくれたのです。


『～♪　～～♪』


不思議な音でした。

心が澄むようなその歌は、間違いなく、まだ言葉も話せないはずのお嬢様の口から紡がれていました。

気づけば、その場にいたゲイリー・ジャレットも、奥様も、私も、知らず涙を流していました。

「今のは……」

ゲイリー・ジャレットすら、言葉を続けられない中、奥様であるディジョネッタ・ジャレットが言ったのです。

「――神の遣わした神子。天使の歌声よ」

「ああ、そうだ。この子は天使だ」

奥様はゲイリー・ジャレットの返事も聞かず、部屋を出ていきました。

普段の淑《しと》やかな奥様からは考えられない、屋敷を駆ける足音が遠ざかっていきます。

「心配しなくていい、ディーの音楽の才能は本物だ。私たちの天使の歌声は、ディーが形に遺《のこ》してくれる」

子ができてから呼び始めた奥様の愛称を呼び、顔をほころばすゲイリー・ジャレットは、我が子を慈しむように見つめていました。

「私たちの、天使」

そして、私もまた、ステラお嬢様への崇敬の念を抱かずにはいられなかったのです。

それは、予感であり、確信でした。

里を出て、老い先短い人生で、私の唯《ただ》一人、仕えるべき主となるであろうお方と出会えた瞬間でした。


それからの私の行動は迅速でした。

私が初めに会いに行ったのは、他でもない、件《くだん》の翁の元でした。

私にないものを過不足なく補える者は、私と同じく忍びを引退した、かつての宿敵である彼の他にいなかったのです。

私の勧誘に大笑いし、ヒーヒーと、これまで幾度の戦闘でも見せたことがないほどに苦しんでみせた彼は、私が譲歩すると提示した条件や報酬の全てを蹴って、「面白そうだから」と承諾しました。

「何せあとは老いさらばえて死ぬだけの身だ」

意外でした。

この男が私の勧誘に乗るのも。

この男にそう言われて、嬉しく感じている私自身も。

そして、私の予期したとおり、この男も間もなくしてステラお嬢様に陥落いたしました。

私とかつての宿敵は、主を同じくする同志となりました。

味方となった彼は、これほど頼りになるものかと思わず失笑が漏れてしまうほどでした。

情報を集めさせるのも、面倒な輩《やから》を退治したあとの証拠の隠滅も、彼はとても役に立ちました。

彼もまた、害虫退治を済ませた私に、「薬と違って準備がいらなくて楽でいい」と私を褒めました。

そして、二人揃って私の里を訪ねると、里の者全てを正面切って叩きのめし、里の長に返り咲きました。

「父上、あんたやっぱバケモンじゃねえか……」

次代で最も武に長け、長を任せていたのは私の息子でしたが、関係ありません。

私の里は、完全実力主義。

強き者に従い、強い者の力となるのです。

翁の里は、薬の知識などの秘伝を継承し、国の中枢にも深く食い込むため丸ごと他国に移るなど許されません。

武を極める私の里のほうが、お嬢様とジャレット家にとって使い勝手が良いと判断した私たちの、即日で起こした行動でした。

ジャレット家へ下った私の里の者は、門番として昼と夜で計四人を配置し、息子を執事見習いとして雇い込ませ、残りは黒子として、街や近隣の村で働かせることにしました。

家内へ引き入れた者たちは、ゲイリー・ジャレットに黙って選考へ交ぜ、採用しましたが、彼には筒抜けだったようです。

彼の目は誤魔化せないと翁と二人、白旗を上げたことで、私たちは大人しく素性を話し、この屋敷の主人との協力関係に持ち込むことができました。

娘を守るための増援に、彼が否を言うわけがなく、屋敷の警備や情報収集面での頼りなさはなくなりました。

加えて、芸術一辺倒だった奥様が、私たちの不足を補うように、社交や、法律の知識を身に付けることに力を入れ始めたことで、ジャレット家の輝かしい未来は、未来予知のできない私ですら疑いもしないものとなったのです。

「おはようございます。ヘイデンさん」

各使用人の配置を回ります。

奥様付きの女性使用人と、その妹、同じく女性使用人の娘が挨拶をしてきました。

奥様付きの女性使用人は、元はステラお嬢様のために雇われた乳母でした。

そして、あの歌を共に聴き、涙した者の一人です。

彼女は、私が本領を発揮する前からこの屋敷に仕える者ですが、私の仕事ぶりの変貌に何も言わない聡《さと》い女性です。

私が翁を連れてきた頃、時を同じくして年の離れた妹を雇ってくれるようゲイリー・ジャレットへ進言したそうです。

彼女の妹は裁縫や服飾の知識に長け、貴族の元へ出仕していたそうですが、呼び戻したとのこと。

彼女もまた、お嬢様を愛し、崇めていることを知っているので、信用できる者として身内を連れてきた点でも私は彼女を高く評価しています。

妹のほうも、ステラお嬢様の魅力の虜らしく、時折お嬢様の愛らしさに鼻血を出す以外は、センスも良く、仕事ぶりの良い出来る娘です。

最近では、ステラお嬢様の〝友人〟ポーギーへの指導役もしている二人は、その指導にも世話にも余念なくやってくれているようです。

続いて、私は厨房《ちゅうぼう》へ足を運びます。

厨房の彼は、唯一人、私よりも早く起きて仕事を始める者です。

「お疲れさまです。問題ありませんか」

「ヘイデンさん、おはようございます。はい、このとおり。今日もお嬢様や旦那様方には美味しい料理を召し上がっていただけますよ」

通いで雇っている料理人二人に指示を出す彼は、料理長をしています。

それまで料理人は使用人としてではなく、適宜通いで雇い入れて使っていましたが、この男を料理長として据えてから、ジャレット家の料理は、それだけを目当てにして交渉の席につく客がいるほどの、商会の武器の一つになりました。

元々は国王の料理番をしていた彼は、事故で右腕を怪我し腐っていたところを私が見つけ、翁の霊薬で治させて雇い入れました。

全く、まさかとは思いましたが、やつの薬は信じられない効力を持っていて、感心すればいいのか呆れればいいのか迷うほどです。

名を変えさせ、雇い入れたこの料理人は、そんないきさつもあって私や翁を裏切ることはありません。

彼も今や、彼の料理を愛すこの屋敷の天使に、その右腕を捧げています。

いつか、「料理を極めることは、相手を知ることだと気づきました」と言った彼は天啓を受けたようでした。

その後は、職人特有のギラつく瞳の焔《ほのお》はそのままに、人が変わったような働きぶりです。

最近では、よく侍医に屋敷の者の体調を尋ねたり、栄養について議論を交わす姿を見かけます。

国が認めたほどの美食を極めた彼は、今はこの屋敷で、主を満たす食事を作ることに邁進している、素晴らしい料理長をしています。

まあ、ステラお嬢様が、外で買ったり食べたりしてきた菓子や食べ物に嫉妬して、張り合う癖はどうにかしてもらいたいところですが。


続いて、私は医務室を訪れました。

この部屋は、屋敷に侍医を置くことになった際に、続き部屋だった客室を改築して設けた場所です。

それまでは、主や屋敷の者の体調管理は、往診で済ませていましたが、ある時、お嬢様の教育のためにとゲイリー・ジャレットが報酬を積んで呼んだ〝とびきりの名医〟が居着いた形になっています。

「ヘイデン殿、おはよう」

「はい。ショーター先生。おはようございます」

彼は、厳密には私の下についた使用人ではありません。

彼がそのように振る舞ってくれているだけで、契約上は、彼は唯一、ステラお嬢様に雇われている立場の使用人です。

「ヘイデンさん、おはようございます。こちら、薬品などのリストです」

「はい、おはようございます、ダニー。はい、はい。確かに。ではチェックのある物は手配しておきます」

すっかり読み書きも覚えたもうひとりのステラお嬢様の〝友人〟ダニーの様子に、内心で舌を巻きます。

孤児であったダニーとその妹のポーギーは、読み書きはおろか、話し言葉すら矯正の必要がある子どもでした。

そんな二人を、どんな手を使ったのか、たった一月やそこらで新人の使用人にも劣らない教養を身に付けさせた医師の手腕は、恐ろしくもあります。

名医であり、そしてどの権力者にも属しない金の亡者であったこの医師は、現在ステラお嬢様から、無賃で雇われている立場にあります。

ダニーに「今日の備品整理もよくできていたよ」と言葉をかけ、頭を撫でる彼の姿はまさしく理想の医師の姿そのものに見えます。

かつて噂に聞く彼は、どんな病もたちどころに暴き、助からないと思われるような大怪我すら治してしまうと言われる、地位ある者なら皆が手に入れたいと思うほどの稀有《けう》な人材でした。

貴族は大金を積み、国もあの手この手で囲い込もうとしたそうですが、彼はどの国にも属さず、報酬の対価にのみその治療を行ってきたといいます。

そんな彼に大金を積んで、三歳の娘の教育係を頼む我が屋敷の主人もどうかと思いますが、そんな娘に小一時間授業をしたかと思うと、まっすぐ主人に「ステラお嬢様に雇われる」と申し出た彼もどうかと思います。

彼は「お嬢様と私との取り決めだから」と、二人だけの秘密を遵守し、嬉しそうにしています。

たまに彼がこぼす話を総括すれば、授業の際にステラお嬢様と医療について語り合う場面があり、大変な感銘を受けたとのことです。

聡明《そうめい》なお嬢様のことです、簡単に想像がつきます。

一度、散々飲んだ席で、使用人一同がステラお嬢様にしていただいたことを自慢し合い、競い始めたことがありました。

酔いのせいでしょう、彼にしては珍しく相好を崩し、「ステラ、てんちょーさんになるか

らね、おいしゃのせんせーやとってあげるね」と言われたのだと語った彼は大層自慢げでした。

だから私はステラお嬢様に雇われているのだと、賃金はゼロでいいのだと言い張る彼の心の内は、私たちの情報収集能力を以《も》ってしても未《いま》だ暴けていません。

ダニーやポーギーが無事な様子を見るに、小児性愛者ではないと思いたいのですが。ちょっと冗談にならないと思われているのか、問診の際は必ず奥様付きの女性使用人が同伴するというのですから、彼が屋敷内で信用されるまで、しばし時間がかかるかもしれません。

とにかく、優秀でステラお嬢様に一途な人物に違いはないので、様子見を続けることにします。

彼が、養子であるダニーを上手くけしかけられれば、ステラお嬢様と義親子になれるなどと、ろくでもない野望を抱いていないことを祈っています。

使用人たちの元を訪れ終えた私は、私のために用意された執務室へ戻ります。

息子である執事見習いに、里の者に集めさせた情報を持ってこさせ、情報の精査を行います。

私に持ってくる前に一度息子が情報の精査をしているはずですが、まだまだ甘い。

図体もでかく、腕が立つのはいいのですが、戦い以外の隠密の仕事ぶりは今ひとつに思えます。

最近、執事見習いとしての振る舞いが、板についてきただけマシというものでしょうか。

足音が近づき、ドアをノックする音がします。

この音は元暗殺者のフットマンです。

隣のフロアから入ってきてから足音を潜めたのでは、私相手には不十分です、指導が必要ですね。

「入りなさい」

「失礼いたします」

フットマンのチャーリーは、暗殺稼業の組織に属していた子どもでした。

野心はなさそうですが、身のこなしもよく、運《ツキ》も持っているなかなか面白い人材です。

最近では、私や門番をしている者たちは、彼を育成することをひとつの楽しみにしています。

物覚えもいいですが、やはりまだまだ伸びしろがあり、素直で育て甲斐があります。

息子はそれが面白くないようで、ことあるごとに対抗意識を燃やしています。

チャーリーと息子の年は一〇ほども離れてはいますが、好敵手の存在は研鑽の糧になることは、私も経験として知っています。

彼らが近くで競い合い、高め合えればいいのですが、そのためにはまず、息子はチャーリーやお嬢様の視界に入ることが必要そうですね。

そのうち、何か機会を作ってやろうと思ってしまうのは、私も親としての子可愛さの贔《ひ》屓《いき》があるのかもしれませんね。

さて、間もなく朝食の準備も整うでしょう。

今日はお嬢様の家庭教師が来ない日ですから、騎士団長フリューゲル・ミラー様のご子息のマルクス様がいらっしゃることでしょう。

最近では、マルクス様にスケジュールを共有してもらっているらしく、宰相ニール・レッグヴィーク様のご子息のルイ様もご一緒されることが多くなってきました。

私は、使用人たちへこれから出す指示や、朝食の席で共有する情報を頭でまとめ直します。

そうやって思い巡らすのもまた、一瞬のこと。

目の前に立つ将来有望なフットマンの少年を待たせることなく立ち上がった私は、彼と共に執務室を出ます。

今日もまた、私たちの麗しの天使、ステラお嬢様にお目覚めの挨拶を告げるために。

書き下ろしストーリー一　とある宰相夫妻の事情

「父上、どうして母上は学問を学ぶことを好まれないのでしょう。読書すらされているのを見たことがありませんが」

「ああ、あーたンジッ！　彼女は、そういうのじゃないから」

「そ、そういうの……？」

「そうだ！」

息子ルイの唐突な問いかけに、思わず素で妻の愛称を呼びそうになってしまい咳払いで何とか誤魔化した。

ルイには宰相として、知識人の父として、尊敬されているという自負がある。妻を愛称で呼ぶことに今更躊躇《ちゅうちょ》はないが、息子のルイにそれを知られるのはなんとなく気恥ずかしかった。

つい動揺してしまい『そういうのじゃない』なんて雑な答えをしてしまったが仕方ない。ルイも不思議に思ったようだが、私が強い語調で断定してみせれば、理解しないまでも納得はしたようで「そうか……、そういうのじゃないのか……」と至極真面目くさった顔で何事か考えながら去っていった。

一体何に納得したというのだろう。

あの子は小さい頃から勉強はできるが、たまにああいう抜けたところがあるから時々心配になる。

まあ、まだ八歳やそこらの子どもを心配しすぎても仕方がないだろうと思い直し、私は意識を切り替えた。

今日は、先日国王陛下と王妃陛下の付き添いをした際に遭遇した少女ステラ・ジャレット嬢の生家へと訪問する予定がある。

年頃の近いルイも連れ、可能であればあのステラ嬢とルイを交友させるのも良いだろう。

ひとまずステラ嬢の父親であり優れた商才を持つというゲイリー殿とも顔繋ぎをしたいし、彼の人となりを知ってから考えればいいだろうと、侍従に私とルイが出かける準備を手配させた。

私が今日こうしている間も、妻はおそらく庭で花でも愛《め》でているのだろうと思う。

ルイが言うように彼女は学問に興味がなく、読書もほとんどしない。

ルイは一番身近であった母である彼女を見て育ったためか、女性は学問に疎いというような偏った認識を持ちつつあるようだ。

先日幼いながらに意外な聡明さを見せていたステラ嬢と今日出会うことで、何かいい変化があればなとついでのように思った。

私が学問に秀で、周囲にも研究家気質の者が集まることが多いためか、ルイは学問を学び知識を蓄えることこそを至上の命題のように思っているところがある。

別にそれを悪いとは思わない。

しかし、仕事柄様々な分野の研究者たちと関わっていても、結局は知を突き詰め探究する者というのは元からしてそういう気質なのだと常々感じていた。

それが悪いとか良いとかではなく、本人がそうしたいからしているだけなのだ。

ルイにもそんな彼らや私と似た気質を感じるので、好きにさせている。

それが悪いとか良いとかではないのだ。

そう、『そういうんじゃない』。それだけだ。

そういえば、と。遠い昔、今のルイのように知の探究こそ全てと思い上がっていた頃が私にもあったななんて、古い記憶に自嘲する。

妻と出会ったのもその頃だった。

私が一五歳になり学園へ入学した頃、今になって思えば、学園で妻と出会ったことこそが私の人生の分岐点であったのではと思う。

それが悪いとか良いとか、そういうんじゃない。

そう、そういうんじゃないのだ。

●
◆
●

先日一五歳を迎えた私ニール・レッグウィークは、王都でも名門の貴族学園に首席で入学した。

長い歴史を誇る学園でも指折りの好成績に教師たちは私を称え、次期生徒会長を目指せとのたまった。

私がそんな些事《さじ》に興味などあるはずもなく、私はただ学びたいように学び、それに結果が付いてくるだけだと答えた。

私の父は国の宰相をしているが、私はそんな仕事に興味はない。

父も宰相は世襲ではなく実力で決まるのだから好きにしろと言ってくれている。

私が優秀であるがゆえに宰相の地位に就くことになることはあっても、私が宰相になりたいからとがむしゃらに勉学に励むような事態になることはないのだ。

父は宰相の地位に付随する侯爵に並ぶ位を持っている。

祖父も曽祖父も宰相であったために私の家は代々で侯爵相当の家柄であるようにもてはやされてきたが、私はそんな地位に固執するつもりもなかった。

父も祖父も曽祖父も優秀な人だった、だから人々から敬われ、相応の地位に就いていただけだと思っている。

もちろん、私もそうあるべきだ。

父も母も熱心に私に教育してくれた。

能力ゆえに宰相の地位にいる父と、代々文官を輩出する家柄の中でもエリートであった母という、優秀な両親を持てたことは私の誇りだ。

そんな両親に恥じない人間であるべく教養を身に付け学問を学んできた私に死角などない。


「どぅおうして、この私が、こんな変人女と班《ペア》を組まねばぬあらないんですかあ⁉」

「レッグウィークくん、落ち着いて」

青筋を立てて顔をずいっと寄せた私に、担当教官である男はヘラヘラとしたまま事もなげに言う。

「この班分けはそれぞれの生徒の得意分野が生かせるように組んである。お互いの長所を生かし合い、短所を補い合うのが目的だよ」

「短所⁉　この私に短所だって⁉」

「はいはい、短気は損気って言うでしょ。初めて組む相手ときちんとコミュニケーションが取れているか、複数人での行動を上手くこなせるか、そういった調整能力もこの試験では見ているからね」

「ぐ、ぐぬう」

「はい、それでは頑張って」

そう言って軽々しく私の肩をポンと叩いた担当教官の男に恨みがましい目を向けた。

去り際、「これは個人的な意見だけど、女性を『変人女』なんて呼び方をしてはいけないよ」と言い残した男にますます敵意が滲《にじ》んでしまう。

落ち着け、落ち着くのだニール・レッグウィークよ。

私は自身をなだめるように心の中で繰り返し、それから改めてこの野外での実習試験のペアになってしまった女を見た。

眠たそうな垂れ目の顔、梳《す》いているのか怪しいところどころがはねた髪、垢《あか》抜けない雰囲気はいつもどこか気怠《けだる》げで、相変わらず気負いなどとは無縁そうな脱力した顔がそこにある。

「よ、イケメン。よろしくー」

「ななな！　何だそのいかにも軽薄な呼称は！」

「知らない？　イケてるメンズ、略してイケメン。君の場合は、面がイケてるからイケメンのパターンね」

「面がイ、イケ……っ!?　理解する気にもならんな!!」

「わー、赤い」

あまりの怒りに頭に血が上って顔が真っ赤になってしまったようだ。

「今日は！　試験だから！　仕方なく一緒に行動することを許すが！　決して勘違いして馴れ馴れしくなどしないでくれ給え！」

「はいはーい。にーくん、まじオモシロ」

「この……！」

反省する素振りすらない女のあまりの軽口に、今回こそは指導してやろうと怖がらせるだけのつもりで右手を振り上げたが、間髪入れずに腕ごとはたき落とされ反対の手の側面を使って頭頂に手刀を落とされた。

「ちょーっぷ」

「この、暴力女っ」

「先に手ぇ上げたのそっちだっつの。まあ、にーくんのことだからホントに上げただけだろうけど」

「ぐぬぬ……」

この女といると、調子が狂う。

貴族らしからぬ口調もそうだし、『にーくん』などと許した覚えのないふざけたあだ名で呼んでくることもそうだ。

この女との初邂逅《かいこう》は学園に入学してすぐのことだった。

同じクラスで教室内での席が隣同士だったのだ。

私が教室に入った際にすでに席についていた女は何をするでもなく眠たげにポヤーっと宙を見ていて、その呆《ほう》けた様子と、王都のデビュタント等でも見たことのない顔であったことから、学園入学に合わせて上京してきた田舎《いなか》貴族だろうことはすぐにわかった。

慣れない王都で苦労も多かろうと私は親切にも話しかけてやったのだ。

『やあ、私はニール・レッグウィーク。この国の宰相の第一子だ。これから隣同士よろしく頼むよ』

『…………』

私の親切で友好的な声かけにポヤけた顔のままでゆっくりこちらを見た女の口は緩くポカリと開いていた。

ひくりと私は口を引きつらせる。

よもやこの格式高い貴族学園にこのように阿呆《あほう》のような女が入学してくるとは。

まさか噂に聞く市井出身の特待生とかいう庶民なのだろうか。

私がそう一瞬で考えを巡らせた時、彼女の緩み切っていたその顔が突然いたずらな笑みに変わった。

垂れた眠たげな目は冴《さ》えた光を宿し、ニッと口角が引き上がる。

『んじゃ、〝にーくん〟ね。あーしのことは〝あーたん〟って呼んでいいよ』

『!?』

衝撃に、私が口をカパリと開いて固まってしまう中、ろくに名乗りもしなかった女、自称〝あーたん〟は『よろ～』と挨拶なのかなんなのかわからない単語を緩すぎる口調で吐いて片手をひょいと上げた。

未確認生物との遭遇だった。

その女は、私のそれまでの人生に絶対にいなかった意味不明の存在だ。

脈絡もなくおかしなあだ名を付けられた怒りからか視界はチカチカと明滅し、驚きすぎたためにか激しい動悸《どうき》や眩暈《めまい》までしてくる始末。

それから訳がわからなさすぎて観察してしまっている中始まった最初のホームルームで女はウトウトと舟をこぎ始め、一時限目の授業中には眠ってしまった。

度し難い。あまりにあまりに度し難い存在だ。

その夜、私は『にーくん』呼ばわりされた時の女のいたずらな笑顔が頭にチラつき、一晩中うなされてしまった。

私はあの女には関わるまいと強く決心した。

それからは、なるべく女の動向には注意して過ごした。

いつでも視界の端に捉え続けることで、女が近づく素振りを見せれば遭遇を避け逃げることができる。

この場合の逃げとは戦略的撤退であって、決して敗北ではない。

よく回る私の頭脳は、あの女のいたずらな笑顔をこれ以上見てはいけない、何かがおかしくなってしまうと警鐘を鳴らしていた。

女に関わるまいと決めた私だが、席が隣である女を授業中まで避けることはできない。

自習時間などになると女はたびたび「なんでさっき逃げたの?」だの、「ねぇねぇ〝あーたん〟って呼んでみて、一回、一回だけ」などとあのポヤけた顔で絡んできた。

私が「呼ぶわけがないだろう」と冷たくあしらうと「お？　負け？　負けを認める感じ?」とまたあの垂れ目のいたずらな笑みをしてきそうになったので、私は腹立ちから慌てて「あーたん!!」と叫んだ。

女ときたら元から大きな目をさらに丸くして驚いていた。ざまあみろ。

その後「そんな顔真っ赤になって……」とか何とか言っていたが、一体何を言っているのか、やはり意味不明な女である。

「にーくん、にーくん」

「……」

「ねえねえ、にーくんってばあ」

「……………」

「チェックポイントすぎてるよー」

「っ！　そ、それを早く言わないか！　くっ、とんだ時間のロスだ！　急いで戻るぞ！」

「なんかいも呼んだもーん」

実習試験といえども私は他に後《おく》れを取る気はない。

ペアとなったこの女とのこれまでの奇妙な巡り合せを思い出すのに没頭するあまり、迂《う》闊《かつ》にも確認すべき地点を通り過ぎてしまっていたことを知って進めていた足を反転させた。

学園一年目も半ばを過ぎて行われた本日の野外実習試験。

実習試験の中でも、今回は騎士や研究者になるような生徒向けの科目の総合力を問われることになる。

実際に王都郊外の山林域へ赴き、ペアごとに指定された獣や薬草の素材の採集を求められたり、指定された区域の地形地図の作成を求められたりと課題はさまざまで、もちろん体力も要求される。

学力で学年一位のはずの私がなぜこの女と班《ペア》を組まされたのかは知らないが、女と班行動を始めてから私は調子が出ずこんな小さなミスを重ねていた。

ただでさえ歩き慣れない山道だ、こうした小さなロスを重ねるうちに体力がないだろう女が途中で疲れたとか何とか言い出しかねないではないか。

私の班に用意された課題は地形地図の作成。

他の班に比べても高低差のある難しい地点を指定されており、私の優秀さに見合うだけの難易度の高い課題と言えるだろう。

山林域には野生の獣も生息しており、もちろんそれらと遭遇した場合の対処も課題には含まれているのだ。

課題に時間をかければそれだけ獣と遭遇する可能性も高まる。

変人女とはいえ女性ではある。いざとなれば私が守ってやらねばならないと思えば、危険が増す日が傾く前に課題を終わらせることは急務だった。

せっかく来た道を引き返しながら内心で舌打ちを漏らしたい気持ちになる。

「ハァ、ハァ」

「大丈夫？」

ヒヨコっ

「ハァ、ハァ」

「おぶろうか？」

ヒヨコっ

………な・ぜ・ケロッとしているんだ！

変人女はやはり変人女だ!!

『ヒヨコっ』ではない！　駆け足の私の周りを楽しそうに四方から覗き込みよって！

「な、なぜ、ハァ、そんな、に、元気、な」

「喋ると疲れるよう～。田舎の子は元気なのだよ」

ぐぬぬ……！

私は明日から絶対に体を鍛えようと決める。

運動ばかりしているやつは馬鹿だと思うが、女より貧弱だなどとなれば私の矜持《プライド》が許さなかった。

そういえば、いつか聞いたこの女の家名、その家の領地こそは国の端の端のド田舎だったことを思い出す。

ただし、田舎ではあれどそこは隣国との国境線となる一大領地。

入学からしばらく、この女が辺境伯の秘蔵っ子であり、身分上は私の家と同等かそれより上だと知った時は天地がひっくり返るような心地だった。

ぐぬぬ、ぐぬぬぬぬ………。

そんなことを考えていたからだろうか。

「あ」

「っ！」

ガサリと女の目の前で茂みが揺れるのに気づくのが遅れてしまう。

女が驚くように小さく声を上げ、私は飛び出てこようとする獣の気配を感じ、考えるよりも先に体を動かした。

「こっちだ！」

「えっ」

女の腕を摑み、こちらに引く。

駆けていた足では急転換はできず、であれば今まさに目の前の茂みから飛び出してくる危険を避けるためには反対の茂みに飛び込むしかないと女を強引に引いてそのまま茂みへと突っ込んだ。

そしてその先には。

「う、うわあああああああ!!」

「わあ、崖、わあわあわあ」

ザザザザザ！　っと、土砂を削り土煙を巻き上げながら崖を滑り落ちる。

茂みに隠れて見えなかっただけで、そこは高低差のある崖になっていたようだった。

女を引く体勢で体の側面から勢いよく崖の外に身を躍り出してしまった私は、腕を引かれるままバランスを崩し倒れ込みそうになっている女を咄嗟に強く引き、女の頭を抱える体勢になって背から崖下へと落ちる。

滑るように落ちながらもガッ、ザ、ッ、ガササ、と、幾度も石や枝に体や腕を打ちつけ、短いようにも長いようにも思える落下は終わった。

「おい！　無事か！」

「いちち……。びっくりしたけど、全然へーき。にーくんは……」

「…………何ともない」

「うそだ」

本当はあちこちが痛い。おそらく人生で一番の怪我をしてるだろう自身の状態を確認するのも怖いくらいだ。

そして、強がって言った言葉はすぐに否定されてしまった。

女の、いつもポヤけている垂れ目が今は強い光を灯してこちらをまっすぐに見つめている。

無理をするように吊《つ》り上げられた眉、緩く開いていることが多い口も今は強く結ばれており、今まで見せたこともないようなその表情に、私は痛みも忘れて思わず息を呑《の》んだ。

それから、女の目がみるみる水分をまとい始めるのを見て、私はとてつもなく狼狽《ろうばい》してしまう。

「っ!!　待て！　待て！　早まるな！　待ってくれ！　泣くなよ、泣いてくれるなよ！

頼む、君が泣いたら私はどうなるかわからないぞ⁉」

「………なにそれ、泣かないよ」

あまりに動揺しすぎて訳のわからないことを口走る私に女は小さく答え、それからぐいと、淑女にあるまじきことに袖で顔を拭う。

何度か目元をぐいぐいと擦《こす》ってから顔を上げると、変わらず難しそうな顔をしながら周囲の様子をきょろきょろと確認してからおもむろに立ち上がり、歩き出した。

その様子に、崖から落ちた体勢のまま呆気に取られた私がそんなに急に歩いてしまってはどこか痛むのではないかと聞いたが、こちらを見ないままに女は「平気」とだけ答えてそれからブチブチとそのへんに生えていた草を抜き始めた。

「ええー……」

私は引いた。

突発的な事故に憤るのはわかるが、草木に当たるのは良くないぞと思う。

何やらブツブツと呟きながら一心不乱に草をブチブチ、蔓《つる》をブチブチ、木の表皮をベリベリとやっている。

独り言は小さくて「ただのうさぎだったじゃんね」とか「でも咄嗟に守るのずるい」とか「ちゃんと体格男の子だし」とか何かわからないことを言いながらも顔は俯けたままで、ほんのり耳が赤く見えるのがまた意味不明で怖い。

ブツブツ、ブチブチ、ベリベリと、そんな荒ぶっているようにしか見えない様子にドン引いていた私だったが、それが勘違いであったとわかるのはすぐだった。

「にーくん貸して」

「え？　手に触れっ、え？？？」

「ちょっとだけ我慢だよー」

突然手を取られ、女性から触れるなどはしたないという怒りが湧いたためか一瞬で沸騰するように顔が熱くなった私に、女は気にする様子もなく、平常と変わらない気の抜けるような声をかけながら私の腕を触ってくる。

それからある角度に動かされた時に強い痛みを感じ思わず声を漏らすと、顔をしかめた私を確認した女はその後はテキパキと、本当に手際よく私の怪我を手当てし始めた。

右手を、左手を、足を。

傷口に潰した草と木の汁を混ぜた怪しげな液体を塗り込み、痛めた部位には当て木を蔓で固定していく。

「……見事なものだな。これは薬草か？　何という薬草だ？」

「知らん」

「え」

「名前は、知らんってだけ。けど、こーやったら痛みが減るし、治りも早くなるのは知ってんかんね」

「そ、そうなのか」

どうやら生活の知恵のようなものらしい。

私はといえば図鑑などで学んで薬効のある植物についての知識はあるものの、実際の活用となるとその知識は役立てることができるようなものではなかったことに気がついた。

薬師に加工され店で並べられたものならまだしも、野生で雑草に混じって生えた草など、こうして見ていても到底見分けがつく気もしなかった。

あまりに手際よく処置されていくものだから、傷がひどいのも、痛いのも、崖下という状況も変わらないというのになんだか私まで肩の力が抜けてしまった。

それにしても生傷にも臆する様子も全くないし、手当てにやけに慣れているなと思い聞いてみると、小さい頃から辺境伯軍の訓練や演習時の手当て役として駆り出されていたらしい。

その頃から行軍にも付いていけるよう体も鍛えているのだと言う姿はなぜか後ろめたいことを話しているような口ぶりだった。

私は手元だけはきびきびと処置のために動かしながら、ぽつりぽつりと言い訳するように言葉を重ねる彼女の声がだんだんと小さくなるのに呼応して、私の中で何かがムクムクと急激に大きくなっていくのを感じる。

これまで、見ないように気づかないようにと、蓋をして、一生懸命知らぬふりをしていた自分の中の感情が、もう抑えていられなくなるのがわかった。


「……きだ」

「え？」

「好、きだ……！」

「……………！　……!?　な、なに言ってるの、にーくん！」

「好きだ!!」

「えっ！　声でかいって！」

「好きだ!!!　あーたん!!!」

「でかい！　でかいよ声が!!　前も、なんであーし呼ぶときだけそんな馬鹿デカ大声になるの！」

「好きだああああああ!!!」

「やめてって！」

咆哮《ほうこう》するように雄叫びを上げ、私は立ち上がろうとして左足の当て木に引っかかって転んだ。

左足は強く痛み、もしかしたら折れているのかもしれない。

同じく固定された右腕も左手と共に両手で拳を握り力を込めると地面に無様に転んだ体勢のままで再び「好きだあ!!」と力の限り叫んだ。

あーたんは「馬鹿！　もう！　馬鹿！」と半泣きになった垂れ目で困り果ててすっかり顔を真っ赤にしている。

「うおおおおおぉォ！」

「殴るぞっ、獣来ちゃうから！　何なんもう！　だまれ！」

ついに両手で口を塞がれてしまい、地面に転がりのたうちながら高ぶる感情のままにモゴモゴと叫ぶしかない。

ずるい、ずるいぞあーたん！

親しげに名前を呼んだかと思えば魅力的に笑いかけ、あまつさえ窮地にあってもこの頼もしさ！

こんなん好きになるに決まってるだろう！

何なんだ、本当に！　意味がわからなさすぎるぞあーたん！　常識を考えろ！

もはやあーたんと出会ってから抑え込んでいた感情全てが大爆発を起こしていた。

「ムモモモモモモモモモモォォォォ！！！！」

「うるっさあい！」

しばらく、そうして大混乱であった私たちだが、私の体力が本格的に切れたこととあーたんが本気で泣き始めたことで静かになった。

「す、すまない、ハァ、ハァ、興奮してしまって、ハァ、ハァ、ハァ」

「マジでにーくん意味フだかんね……ぐす……」

「いや、だって、ハァ、仕方、ないだろ、ハァ、ハァ」

「さっきのあの状況で、マジで、何がきっかけよ、意味わからんすぎ……ぐす……」

泣いてしまったあーたんを前に急に頭が冷えどうにか泣きやんでくれないかとオロオロとするが、本当に叫びすぎてもう力が入らない。

そうしてしばらく私がハァハァし、あーたんがぐすぐすしている間に試験時間が終わったのか、担当教官の男が私たちを探しに来た声が聞こえてきた。

担当教官の男は「すごい声だったね」なんて言ってから見つけやすくて助かったなどと言う。

私は女性であるあーたんを先に連れて帰るよう言ったが、あーたん自身がそれを断固として拒否し、平気だと言い張るあーたんは徒歩で、やはり足を折ってしまっていた私は担当教官の男におぶわれて山林を下った。

「ホントに、なんで好きとか言ったの……？」

「それは、好きだと思ったからだ」

「どこが」

「……あーたんは、私が知らないことを知っているだろう。私と、全く違う。知識のあり方も、人としてのあり方も。それに君は以前から私のことがす、好きなようだと思ったから、気になって……」

「え、それはべつに」

「え」

「……いーからあ。そんで？　女の子のくせにそういう、軍属みたいなことしてたり、さ、いやっしょそういうのは普通」

「いや？　それは別に。むしろ、数多《あまた》の実践を経て得た知識を持つというのはとても尊いことだと思った」

「!!」

「……あーたんは、無邪気に笑いかけてくれるだろう。そういうところが……私は好きだと………」

話しながら、だんだんと意識が落ちていくのがわかる。

疲れもあるし、痛み止めにと飲まされた薬も効いてきたようだ。

しばらく沈黙が続き、私がもう瞼も落ちかけた時。

「………じゃあさ、あーしたち、付き合っちゃう……？」

「えっ」

あーたんが突然ぽつりと言った言葉に、落ちかけていた意識が一気に覚醒した。

「つ、付き合う⁉」

思わず素っ頓狂な声を上げた私は勢い余ってゲホゴホと盛大にむせ込んだ。

一体どういう意味だ、まさか聞き間違いに違いないと混乱した私が真意を問おうとあーたんの顔を見るも、彼女は恥じ入るように頬に朱をのせ俯かせたまま小さく首肯していた。

「…………うん」

「つ、つ、付きっ！　付き合うって何だ……！　どこへだ！　二人でか⁉　二人でどこかへ行きたいとそういうことか⁉　私と君の男女二人で⁉　は、はやっ、早いのではないか⁉　そういうのは、まだっ、両家でもっと話し合って、だな、ちゃんとこう、こ、婚約とか、してからのほうがいいのではっ！　ないかと！」

「ふへ……おもろ………」

「な！　か、からかったのか⁉」

思わず早口でまくし立ててしまった私に、俯いたままだったあーたんがふにゃりと表情を緩ませたのが見えてカッと顔が羞恥に染まる。

けれどあーたんは「からかってないし」と平然と続け、それから「しちゃう？　婚約」と何でもないことのように言った。

「……！　……‼　……！　……‼」

もはや私は言葉も出ない。

口をハクハクと動かすしかない私に、あーたんはゆっくりと顔を上げてこちらを見た。

そうして目元を和らげ口角を上げると、私を骨抜きにするいたずらな笑顔を見せたのだった。

「そういうのは二人きりでやってほしいな」

私をおぶって帰路を行く担当教官の男のそんな声は、私に届かなかった。

●◆●

「あーたん」

「ん？　どしたのにーくん、こんなとこまで来て」

「ルイと出かけてくる」

「はいはい、いてら～。寂しいから早く帰ってきてね」

「グッ！　ご、ごほん。…………すぐ帰る」

「後半めっちゃ早口、めっちゃ小声、ウケる」

「ぐぬぬ……」

「うそうそ、いってらっしゃいダーリン」

「……いってきます」

私は今も昔も彼女あーたんに振り回されてばかりだと思う。

今は妻となったあーたんは今日も眠たげな垂れ目でいたずらに笑い、それを見た私は何とも名状し難い大質量の感情の波に翻弄されるのだ。

学生時代は持て余しすぎて扱いに困っていたこの感情も、今ではきっと恋情とか情欲とか愛おしさとかそういうのをひっくるめたのの最大級規模の何かなのだろうと理解している。

外出を知らせようと探せば、あーたんは予想どおり庭で花を愛でていた。

広く様々な種類と効能の植物が分布するわが家の庭の中、今日も趣味の園芸という名の実験場《ラボラトリー》でせっせと花をいじるあーたんに、その作業服の土汚れですら愛おしいなと胸がぎゅっとなる。

本当に常識を考えてくれ、可愛いが過ぎるぞあーたん。

なお、私が結局宰相の職に就いたことで後を継いだこの侯爵家相当の屋敷と庭は、今ではまるで野生にでも還《かえ》ったかのような混沌《こんとん》とした植物の楽園になりつつある。

しかしそこであーたんが「この花とこの土、相性いいんじゃね？」と言って何の気なしに繁殖に成功させた薬効高い稀少《きしょう》な薬草の数々は、今や病に苦しむ人々の希望の星だったりするのだから本当に常識を知らないあーたんはいい加減にしたほうがいい。

最近では奇跡の庭なんて研究者たちから呼ばれ始めた我が家の庭は、毎日楽しそうに草花の手入れをする天才肌すぎるあーたんと、日夜必死に栽培技術を学び庭の維持に貢献してくれている使用人たちの努力によって成り立っている。

息子のルイは、まだあーたんのこの才能のことを知らない。

あーたんは確かにルイの思うとおり勤勉ではないし何かを学ぶ姿勢というのを取ることはないが、枠にとらわれない天才というものが存在するのだと、私はあーたんに出会ってからしっかりと理解した。

それにたとえ薬草を育てる才能がなくたって、彼女は人の感情を揺さぶる天才だと思っているし、実際に社交界で礼儀に欠けるだ身分不相応だと彼女の悪口を言っていた人間はそのうちみんな彼女にメロメロになっていた。

ルイは学問を重視するが、本当に学問とか探究とかとは一線を画する『そういうんじゃない』人間はいるところにはいるものだ。

幼いルイにとってはその事実はきっと重く、下手をすれば今彼が持つ学びへの熱意すら奪いかねないと判断し、あーたんと二人で話し合って私たちはあーたんの偉業をルイには秘密にしている。

というか、あーたんが「言わんでよくね？」と言ったのでそうした。

あーたんの言うとおりにしておけばだいたいのことは上手くいくので私はたまに思考停止してしまいそうになるが、今回は理屈も通るしいいのだ。そういうことにしておこう。

今日向かうジャレット家は、そういった天才肌の人間に触れるほんのきっかけになればいいと思う。

先日会ったステラ嬢からはどこかあーたんと近しい雰囲気のような、空気感のような何かを感じた。

ほんの少し、視野が狭くなっている息子が外を見るきっかけになればいいと、そう思う。

そうして花の世話にあっさりと戻ってしまった妻の姿を何度も振り返りながら身支度に向かう私は知らなかった。

まさかルイがステラ嬢をこき下ろしてやろうと画策していることを。

そのあとさらに大逆転からの平謝りすることになり、最終的には借りてきた猫のようにルイがお利口さんになって悟りを開いたようになることを。

そして、かつての誰かさんそっくりに「ステラは……、私のこと、好きになっちゃったんじゃ……」なんて言い出すことを。

駄目元でいいから一度会わせてみて、駄目だったならさっさと妻のもとに帰ってこようなんて思っていた私ニール・レッグウィークは、その時まだ想像すらしていなかった。

書き下ろしストーリー二　とある騎士団長夫妻の事情

私、ピアーニ・フォルティッシモが生まれたのは田舎の町だった。

王都からは遠く、山間《やまあい》にある自然豊かな場所だ。

避暑地としても有名で、毎年暑い季節になれば王都から上流階級の人たちも休養に来るような美しく穏やかな場所だった。

澄んだ川のせせらぎ、木々の木漏れ日、優しい風。

夕日をバックに山鳥が一斉に飛び立つ光景は、私の原風景として瞼を閉じればいつだってそこにあった。


「これ、ありがとう」

高い位置から差し出された手に、私は思わず身をすくめた。

兄の背にさっと隠れるようにして縮こまる。

「こら、ピア！　あーっと、ごめん。これは？」

「いや」

苦笑した兄が、何かを差し出してきた年上の男の子と何か言葉を交わしているけれど、人見知りで臆病な私はぎゅっと目をつぶったまま兄の背に顔を押しつけていた。

「……とにかく、これ、その子に」

「おっと。ん、わかった」

兄を通して前方から押しつけられたような感覚があったあと、静かになったのを見計らってそろりそろりと目を開ければ、そこにはもう年上の男の子はいなかった。

前方で同年代の男の子たちの集団に呼ばれて何かと揉《も》みくちゃにされているのが見える。

「これ、お前にだって」

「なんで」

「さあ」

困ったような顔をした兄はどうやら男の子から何かを預かったようだった。

私は兄から渡されたそれを見て、不思議に思い首を傾げる。

「………私の名前だ？　なんで？」

「お前のなんじゃねえの？」

「えー？　うーん………あ」

「ほら」

どこかで見た覚えのある、薄桃色のハンカチ。

私は遠い昔に覚えのある自身の名前刺繍《ししゅう》が入ったそれにようやく思い至った。

「あれだよ、お母さんの」

「ああ、なるほど」

母の名前に兄も合点がいったようで頷く。

母は凝り性で、何かと小物などを作っては私や兄にそれを使わせたがった。

いつだったか、刺繍に凝った母はやたらとハンカチを量産していたはずだ。

こういう可愛らしいものは女の子の私が担当で、刺繍だけがやたら豪勢なのに縁はろくに繕われていない目の前のハンカチもどきも記憶にあるものと合致していた。

「全部だめになったと思ってた」

「ん？　何か言ったか？」

「べつに」

深い思い入れがあるわけじゃない。

母のそういう一時的なマイブームはよくあったし、ハンカチもそんな中の一つだ。

刺繍をすること自体が目的だから何枚も何枚も作っては渡されて、日に何枚もハンカチを持ち歩いたこともあったなと懐かしく思う。

薄い生地の布を小さく切って量産されたそれは、せめてハンカチらしく見せるためにか桃色に染められていて、かつては使うたびに破れたりほつれたりしてすぐ駄目になっていたものだ。

なぜそれをあの男の子が持っていたのかはわからない。

記憶どおり簡単に破けそうなそれが、色あせて薄い色味になりながら今もこうして綺麗なまま健在なのも不思議だった。

母に見せたら喜ぶだろうかという考えがよぎったけれど、それは何となく思い留まる。

ハンカチを家に持ち帰った私は、兄妹共有の子ども部屋の中、自分用の机にしまってある小さな箱を取り出し蓋を開けた。

箱の中には森で見つけたいくつかの色ガラスやお小遣いで買った小さな貝殻のブローチ、それから先日七歳の誕生日にと両親からもらった可愛い髪留めが入っている。

「うん」

何となく、本当に何となくだけど、大切なものをしまっていたその箱にハンカチも入れることにした。

蓋を閉め、再び机にしまう。

どうして箱に入れようとしたのか自分でもはっきりとわからなかった。

全部なくなったと思っていたハンカチが残っていて嬉しかったのか、それとも、あの彼から渡されたのが嬉しかったのか。

ハンカチを持っていた年上の男の子はフリューゲル・ミラーという名前だったはずだ。暑い季節になると町で姿を見るようになるので、きっと避暑に来ている上流階級かお金持ちの家の子なんだろう。

期間限定だろうと、身分差があろうと、この町の子はそんなこと気にせず友達になる。避暑に来た親はともかく、子どもは避暑地でのんびりなんてつまらないから、暑い季節になればこの町は子どもだけ人口が増えたみたいに遊び相手が増えるのだ。

それでも毎年来る子はそれほど多くなく、フリューゲル・ミラーもそんな毎年やってきては遊ぶ中の一人だった。

年は私より五歳は上で、体も大きく寡黙な彼を女の子たちは近寄りがたさを感じて遠巻きにしていた。

それでも、きりっと整った顔と都会の子特有の洗練された雰囲気に、密かに彼に想いを寄せる子が多かったのも知っている。

男の子たちは飛び抜けて運動ができて物知りなフリューゲル・ミラーのことが大好きで、彼が町にやってくるとわいわいと群がっていくのをよく見かけた。

同年と比べても背の高い彼はなんだか迫力があって、けれど王都で流行っているというボールを使った遊びを色々と教えてくれたり、小さな子の面倒を見てくれたり、力のいる仕事なんかを積極的に手伝ってくれたりと、意外と親しみやすくてみんなの人気者だ。

暑い季節が終わりに近づき彼が王都へ帰る時はいつも町の子総出で見送りのようなこともしていた。

私も兄も気づけばそんな子たちの輪の中にいて、みんなと一緒になってフリューゲル・ミラーと遊ぶこともあれば見送りにも参加する程度の付き合いだったはずだ。

私はフリューゲル・ミラーから私個人を認識されているとは思っていなかったし、私の名前も知らないだろうと思っていた。

それだけに、彼が王都で騎士になるために騎士候補生になることが決まり、季節問わず宿舎暮らしになるため町にはもう来ないと決まった年、最後の見送りの会の最中にわざわざハンカチを渡しに私の元まで来てくれたのが不思議で仕方がなかった。

疑問は晴れないまま、小さな箱も蓋を開けられないままに時は経ち、フリューゲル・ミラーが田舎町に来ることもないままに季節は巡った。


八年後、一五歳になった私はそんな幼い頃のことなどすっかり忘れ、王都にいた。

王都の飲食店で住み込みをさせてもらっている。

小さい頃から王都への憧れがあった私は、勉強を頑張り、ついに先日王都の学園へ特待生として入学できたのだ。

親が伝手を辿《たど》ってくれたこのお店は父の古い友人のさらに友人のご夫婦がやっていて、

私はそこで夜に給仕として手伝いをさせてもらいながら昼に学園へ通っている。

そんな生活をしてたった一か月、私はフリューゲル・ミラーと再会を果たした。

いや、再会なんて大げさなことではなく、たまたま彼が店に客としてやってきたのだ。

私は最初、彼が幼い頃の顔見知りであるフリューゲル・ミラーだということに気づかなかった。

現れた騎士服の青年、二〇歳ほどの彼にすっかり見惚れたのだ。

「注文を頼む」

「はははは、はいい！」

思いっきり動揺してしまったのも、仕方ないだろう。

だって、格好いい。

背は店内にいる誰より高く、引き締まった筋肉質の体が騎士服越しでもわかった。

暗い赤褐色の髪は撫でつけられ精悍《せいかん》で、男らしい顔立ちが野生みを帯びながらも理性的な美丈夫だ。

騎士様の制服もとんでもなく似合っている。

あまりにも理想そのもののような青年の姿に私はすっかりのぼせ上がった。

橙《だいだい》の瞳とぱちりと目が合い、ただ給仕として注文を取るよう促されただけだというのに私の頭は真っ白になった。

私は給仕、私は給仕、私は給仕!!

今は仕事中だと必死に脳内で言い聞かせながら注文を取る。

これと、これと、これと、これと、と、次々に料理を指差されるのを目を回しながら追いかけ、その後も完成した料理を運んでやっとテーブルいっぱいに並び終えた時だった。

「久しぶりだな」

「え?」

「これ」

「え?」

「返すのが遅れてすまない」

「え?」

差し出されたのは、なんだか見覚えがある薄桃色の布。

「え? なん、これ、え??」

混乱する私がそれを受け取るのを確認した彼は私を置いて食事を始めてしまう。

がっつくわけでもなく黙々と、すごい数の料理を音も立てずに食べ進めていく様はただただすごい。

その間も私は手の中のものに釘付けだ。

「ハンカチ? あれ? なんか、これ、デジャヴ」

また、忘れかけていた記憶の扉が開く。

母が作って、けれど久しぶりに男の子に渡されて、たしか田舎町に避暑に来ていた彼は、と。

ぐるぐると回る頭についていけないまま七歳の日の記憶を思い起こしている最中にもどんどんと食事を食べ進める彼は棒立ちのままの私を意に介さない。

だとしてなんでまた持って、そういえばあの時受け取ったハンカチはどこへ、とあちこちに思考が逸れてしまいながらも私は何とか口を開いた。

「フリューゲル・ミラー……さん？」

「ああ、〝ピアーニ〟さん」

「！」

呼ぶつもりもなく確認するように名前を呼んでしまってから、まさか呼び返されるとは思わず驚く。

彼の低い声で自分のピアーニという名前を呼ばれてカッと顔に熱が灯る。

なぜ私の名前を知っているのかと聞きそうになり、今渡されたのがまさに自分の名前の刺繍が入ったハンカチだったのに気づいた。

自惚《うぬぼ》れてしまったとさらに羞恥で顔が熱くなる中、彼は早々に食事を終えてしまったようで立ち上がる。

「また来る」

「は、はい」

チップを含む勘定を置いて店を出ていくたくましくも清廉な騎士の後ろ姿に、私はしばらく呆けたまま立ち尽くしていた。


その時の私はいっぱいいっぱいすぎた。

理想を絵に描いたような好みすぎる異性の登場に、忘れていたハンカチの再びの登場、そして驚くほど大量の注文と、それを平然と食べ尽くしていく幼い日の顔見知りの男性。

目の前に次々もたらされる衝撃の連続に頭が追いつかないままの私は思い至らない。

なぜ顔見知りであっただけの私を彼が覚えていたのか。

なぜ田舎町から遠くここ王都で八年ぶりに会った私を私だと気づいたのか。

久しぶりの再会が偶然だとして、なぜハンカチを持っていたのか。

まさか、その後も数日おきに店に来た彼にたびたびハンカチを渡されるなんて知りもしない。

彼が騎士の中でも出世株の筆頭だなんて、学園でできた友人に聞かされるまで知りもしない。

半年後、ようやくまともに顔を見て話ができるようになってきた頃、ハンカチの代わりに指輪を渡され求婚されるなんて、知りもしないのだ。

どうしてフリューゲルは私と結婚したんだろうと、ずっと考えていた。

最初はひたすら幸福だった。

騎士様といえば女性なら誰もが憧れるお相手で、小さい頃の姿も知っている彼のことは信用もできる。

みんなから慕われていた彼は騎士になっても変わらず質実剛健として王都の人々から尊敬される人格者だった。

なぜ私を望んでくれたのかは言葉少なな彼から教えてもらうことはできなかったけれど、彼は私を、そして生まれた息子のマルクスを大切にしてくれた。

結婚して、使用人が付くような派手な生活は怖いと私が言うと、彼は王都の隅に小さな家を建ててくれた。

マルクスが生まれてからの私は、たまに店の手伝いをする以外は家で家事をし、家の周りで育てている野菜や草花の手入れをして仕事に行くフリューゲルを見送った。

王都の中でも自然の残るそこは私には過ごしやすくて、小さなマルクスは目が離せなくて、私はお世話になった飲食店のご夫婦に手伝ってもらいながら子育てに邁進する日々を送った。

何不自由ない生活だったと思う。

私は彼に夫としての親しみよりもむしろ憧れのような気持ちを抱いていたし、そんな彼に養われながら愛しい息子と過ごす日々は楽しかった。


それから、フリューゲルの仕事は年々その忙しさを増していくようだった。

マルクスが七歳になった今では丸一日の休みなんて年に数日あるかどうかだ。

フリューゲルはどんどんと出世していき、今では騎士団長という大役を任されている。

三〇歳を前にしての抜擢《ばってき》は異例だそうで、彼は優秀な騎士団長だと王都でももっぱらの噂だ。

私は疲れて帰ってくる彼を労《いた》わりたくて、できる限り家で寛《くつろ》いでもらえるよう努めたし、息子のマルクスはすっかり彼を尊敬していて「将来は父ちゃんみたいな騎士になる！」といつも言っている。

マルクスからフリューゲルの話をせがまれることもあったけれど、私はあまりフリューゲルについて詳しくない。人から伝え聞く範囲でしか彼を知らない私がいつも話を濁すものだから、そのうちマルクスも聞いてこなくなった。

マルクスは元気いっぱいで、周囲に女友達しかいなかった私にとってはまるで別の生き物のように活力に溢れている。

私の身近な異性であった父や兄は家で本を読んでいるのが好きなようなタイプで、毎日のように「訓練だ！」と言って朝から晩まで友達と模擬剣を振り回すマルクスを見て、私は怪我をしないか怪我をさせないかと日々オロオロしてしまうような有様だった。

「……ねえ、訓練じゃなくって、もう少し普通の遊びをしてみたらどうかしら」

「まーた母ちゃんは。わかってねえなあ」

「でもね、マルクスと同い年の子は学び舎《や》に行ってお勉強したり、同じ学び舎のみんなと遊んだりしている子も多いのよ」

「いいってば！　もう！　ごっそーさん！　オレ、剣振ってくる！」

「あっ、マルクス！」

夕食の席で思い切ってマルクスに言ってみるが、マルクスはガツガツと大人顔負けの量の食事を平らげるとまた模擬剣を手にして外へ飛び出していった。

暗くなる時間になっても、マルクスは家の明かりの届く範囲でこうして剣の訓練をすることも多かった。

「……」

「……」

静かになった食卓に視線を落とす。

食卓につくもう一人、今日は夕食の時間に帰宅が間に合ったフリューゲルは相変わらず音も立てずにたくさんの料理を次々口に運んでいる。

「おいしくできているかしら」

「ああ」

「あの、マルクスのこと……」

「ああ」

「また、見てあげてくれるかしら」

「ああ」

「騎士の訓練だけじゃなくって、その、もっと色々と」

「……私はそういうことに向いていない」

「そう……」

フリューゲルが口に食事を運ぶタイミングを見て、合間合間に話しかけてみる。

彼は黙々と食べ進めながらも返事は必ずしてくれた。

それにほっとしながらも、マルクスの教育に協力を頼んでみれば、やはりそれは苦手だからとやんわり断られてしまう。

忙しい彼に子どもの教育まで手伝ってくれと言っているのだから断られるのは当然で、私もそれ以上強くお願いもできないけれど、私にはそれが少し寂しく思えた。

それに、マルクスはフリューゲルの言うことはよく聞くのだ。

いつも父ちゃん父ちゃんって、雛《ひな》が親鳥について歩くようにフリューゲルが家にいる間は彼の後を付いて回っている。

剣の訓練だって騎士になりたいのだって、父ちゃんみたいになりたいからだと日頃からよく言っていた。

マルクスにはもっと広い視野で物事を見てほしいと思う。

フリューゲルがよくできた人だというのは勿論だけど、彼は寡黙でもとても社交的な人だというのを私は知っていた。

小さい頃田舎町にやってきていた時も現地の子どもと遊んでいたし、生まれも庶民ではないのにすぐに町の子に馴染んだ。

今でも騎士団長であり騎士爵があるとはいえ様々な家からパーティーや茶会にたびたび呼ばれるのは彼の人となりがあってこそだろう。

部下や仲間の騎士を家に招いた時など、騎士団長は部下思いなんだと彼らが私に熱心に教えてくれるほどだ。

私はマルクスにも体を動かす訓練ばかりではなく、友達を増やしたり本を読んだりして広い世界に触れながら成長してほしかった。

私が強く言って幼年向けの学び舎に行かせてはいるけれど、学問や行儀についての勉強など意味がないと言ってサボってばかりだ。

フリューゲルが言ってくれればきっとマルクスも言うことを聞くのに、と、そこまで思ってからマルクスに無理強いするのが本当に良いことなのかと自問自答する。

フリューゲルが子どものことを全く考えていないわけではないことは知っているのだ。父として、騎士団長として、マルクスの憧れそのものの姿を体現してくれているし、こうしてなるべく時間を作っては、王城の敷地内にある使用人付きの騎士団宿舎ではなく王都の隅のこの小さな家に帰ってきてくれる。

けれど、こうしてマルクスに邪険にされ、ままならない気持ちが大きくなるたびに思ってしまうのだ。

どうして私なのだろうと。

フリューゲルは騎士様の中でもトップである騎士団長で、まだ三〇にもなっていない美丈夫だ。

彼に似たマルクスは体も大きく、きっとこのまま成長すれば彼の言うとおり「立派な騎士」になるのだろう。

私は、なんの変哲もない田舎者の私は、本当に必要なのだろうか。

もっと、フリューゲルに相応しい人がいるのではないか、マルクスの成長をきちんと手伝ってやれる人がいるのではないか、そんなことを考えてしまう。

真面目な彼は一介の騎士であった時分に古い知り合いの私と再会して一緒になることを決めたけど、それをもしかしたら心の中で後悔しているのではないか、言えずにいるだけで本当は彼の望む良い人がいるのではないかと。

そんな、考えても仕方のないことを思い悩む時間が日に日に長くなっていた。

「茶会への招待が来た。家族での招待だ」

「……わかったわ」

ある日、帰ってきたフリューゲルが開口一番に家族ぐるみでの茶会への招待があったことを告げた。

料理の仕上げで俯いて作業していた私は、帰ってきた彼とは目も合わせず一言で返してマルクスにその日は家にいるようにと口頭で伝える。

最近多くなってきた淡々としたやり取りにもフリューゲルが何かを言うことはなく、彼の様子は変わらなかった。

結婚当時から変わらないはずの泰然とした彼のその様子に今はなぜか寂しさを覚える。

フリューゲルが部屋のクローゼットからよそ行き用の略礼服を取り出し皺などがないのか確認しているのを、ダイニングテーブルに料理を並べながら見やる。

あの服を出すということは、向かう先はある程度の立場ではあるが、貴族家ではないのだろう。

それならばかしこまったドレスを着るわけにもいかないし、私はまたいつもの上等なワンピースで行こうと決めた。

　フリューゲルが騎士団長とはいえ、妻の私や息子のマルクスまで呼ばれる機会は多くない。毎日王城で働く彼とは違い、私やマルクスは生活でいえば庶民のそれと違わないし、特に私は田舎出身なこともあって王都の洗練された店での買い物は未だに及び腰になってしまう。

　だから、こういう機会に着る服などは、お相手や場所などの場面に合わせた数着をもう何年も着回していた。

　フリューゲルは立場上たまに新しいものに替えているようだし、マルクスも成長に合わせて都度新しいものを用意しているから私くらいはいいだろうと思う。

　その日は夕食も終え、寝る前に行き先が大商家のジャレット家一家の元だと聞いた時も、私にはお金持ち相手では緊張するなあという程度で、乗り気でもなければ大した感慨も湧かなかった。

　それがまさか当日、あんなことになるなんて。

●◆●

ジャレット家が手配してくれたという馬車は四人乗りで、広い車内は私とフリューゲルとマルクス三人では広すぎて心許《こころもと》ないほどだった。

早起きして自分とマルクスの身支度をしていた時は慌ただしかったけど、こうしてあとは向かうだけとなれば話すこともない車内はほとんど会話もなくて拠《よ》りどころがない。

空気に耐えかねたのかじっとしているのに飽きたのか、マルクスが今日の行き先をフリューゲルに尋ねたのを聞いて、そういえばマルクスには言っていなかったと気づいた。

ジャレット家だと聞いてもわからずぽかんとするだけだろうと思ったマルクスは、予想どおりぽかんとしたあとその顔を一気に驚きに染めると「まじか！　やった！」と一人はしゃぎ出す。

それを不思議には思ったけれど、ジャレット家に着いてすぐ、私の疑問は解消された。


着いたジャレット家のお屋敷はまるで別世界のようだった。

私たちが着くのを門で待っていてくれた若い執事に促されて敷地に入れば、広い庭とその先には大きなお屋敷。

庭には季節の花々が美しく咲き誇り、暑いくらいの今の季節にはよく整えられ水を与えられたたっぷりの緑が目に眩しい。

「マルクス！」

「ステラ！」

青く青く晴れ渡った空の下、青空のような青と白のワンピースを着た女の子が駆けてきた。

小さく可愛らしいその子は顔いっぱいの笑顔でマルクスへと飛びつかん勢いで駆け寄ってくる。

それを見たマルクスも嬉しそうに破顔して返した。

ステラ様といえばジャレット家のお嬢様だったはずだ。

決まった男友達とばかり一緒に行動することの多いマルクスが彼女と友人だったことに驚いたのも束の間、ステラ様の向日葵《ひまわり》のような笑顔につられるように笑ったマルクスを見た私は、なんだか肩の力が抜けてしまった。

そうしてみてやっと、最近の私とフリューゲルとの間にあった粛々とした空気にマルクスも息が詰まっていただろうことに思い至る。

マルクスには勝手気ままにしている印象を持っていた、そんな自分を恥じた。

子どもなりに親の不仲を感じてさぞ気を揉ませていたのだろうと後悔する。

そうしている間にフリューゲルがステラ様とその付き人でフットマンだという少年に挨拶を終え、フットマンの少年へと案内役が代わったのを機にステラ様がマルクスにエスコートをねだった。

「チャーリーは案内役だから、じゃあマルクスにエスコートしてもらいたいなぁ！」

「え！」

「あらあら」

天真爛漫《らんまん》なステラ様の勢いにマルクスは慌てる。

「ちょっと待て、エスコート、エスコートだろ……。こうか？　いやこうだったか？」

「マルクスこうだよ！　あれ？　こうだったかな？　あれー？」

「ステラ待て、えっと前に習ったんだよ確か、えーっと……」

「ふふ、貸してごらんなさい」

四苦八苦しているマルクスたちの姿が可愛くて、マルクスの腕と小さなステラ様の手をそっと取ってエスコートの形を作るのを手伝ってやった。

マルクスが「おお！」と見栄えよく腰に据えられた自身の手とステラ様の手に喜び、ステラ様も「ありがとう！」と向日葵の笑顔を私に向けてくれる。

とっても可愛い子だ。

こんなに可愛らしい子と同席できるなら今日の茶会の時間は長く感じずに済みそうだと心が浮上するのを感じた。

「私たちはね、素敵なお父様のお仕事のお話がたくさん聞きたい同志なの！」

ステラ様が元気いっぱいに宣言したことで、私にとってまるで奇跡のようだったお茶会は始まった。

「オレ、いや、私は、実は騎士が何たるかを全く……、知らないのです」

しょぼんと珍しく眉を下げたマルクスが、一生懸命整えた口調で自身の問題の核心に触れる。

「……お前が止めるはずだな、ピアーニ。オレは何を……」

あのフリューゲルが、困り果てたような情けない顔になるのを、私は初めて見た。

「あの！　だから！　今日はパパたちのお仕事あっ間違えちゃった、お父様たちのお仕事を聞きたいなあって……。ね、マルクス！」

「そう！　そうなんだ！　オレ父ちゃんと同じ騎士になりたいよ！　教えてくれよ、騎士って、騎士隊長ってどんな仕事をするんだ？」

ステラ様とマルクスが、一生懸命話を聞きたいと言う。美しい庭園、美しいジャレット家のご夫妻、そして元気いっぱい、笑顔いっぱいのステラ様とマルクス。

その時間はきっと、私がずっと待ちわびたものだった。

私が言ったのでは駄目だった。

マルクスとフリューゲルと私、家族三人だけではきっと解決できなかったとお茶会が終わった今になって思う。

マルクスが見える世界、フリューゲルが見える世界、私が見える世界はどれも狭く、私もフリューゲルもきっとお互い家族に甘え合っていた。

他の第三者が間に立ってくれたからこそ、きっとすとんと簡単にマルクスもフリューゲルも受け入れてくれた。

それがあの愛らしくて向日葵のような明るいステラ様だったから、誰もがみんな笑顔で話せた。

望んでも得られないような時間だったと思う。

フリューゲルは言ってくれた。

騎士としての夢。

国の中枢を守ることはつまり、私たち家族が暮らすこの国の暮らしの安全を守ることだって。

だから頑張れるんだって。

私も、見えていなかった。

フリューゲルが私たち家族のことを本当に考えてくれてるんだって、あの頃と変わらず大切にしてくれていたんだって。

初めてお会いするジャレット家の皆さんの前で何度も何度も涙がこみ上げてしまった。

フリューゲルが話す騎士としての仕事の話や心の持ちようについてを目を輝かせ、真摯に聞き入るマルクスの横顔を見ていた。

マルクスは唇を噛みしめ顔を私に向けると「母ちゃんの言ったとおりだった！　ごめん

なさい！」と目を潤ませた。

ああ、通じたんだと、そう思えば私もこみ上げるものを耐えてマルクスを抱き寄せ頭を撫でた。

最近は触れることも減っていたマルクスの明るい赤褐色の髪は木漏れ日の日差しを受けて優しいホカホカとした熱を持っていて、数度撫でる間に胸に寄せたマルクスの顔から温かい何かがワンピースの生地に染み込んだのを感じる。

顔を離した時、マルクスの橙の瞳は明るく強い意志を湛《たた》えていて、私は今日このお茶会の機会をくださったジャレット家とステラ様に大いに感謝した。

日の傾き始める頃、ジャレット家のお屋敷を辞する私とマルクスはフリューゲルに強く抱き寄せられていた。

人前で恥ずかしくはあったけれど、見送りまでしてくれたジャレット家の主人ゲイリー様が、終始見せびらかすように妻のディジョネッタ様や娘のステラ様を事あるごとに抱きしめていたので、抵抗は感じないで済んだ。

来た時と同じ馬車に乗り込んだ私たちだったけれど、来た時と違い親子三人、マルクスを挟む形でぎゅっと体を寄せ合った私たちは幸せで、とても満ち足りた気持ちだった。

「すまなかった。愛している」

そう言ってマルクスの頭に口づけたフリューゲルを見て、彼は口数は少ないけれどこういうことは真っすぐに言ってくれる人だったと、突然求婚された日のことを思い出してしまう。

もっと、普段から思うことや気持ちをぶつけてみれば良かったのかもしれない、そうすればきっと彼は応えてくれたんだろうと、勝手に彼を悪者のように扱ってしまっていた自身を反省した。


「ちょっと友達《ダチ》のとこ行ってくる！」

「その格好のままでいいの？」

「すぐだから！」

家に着いた途端に着替えもせずに飛び出していったマルクスに何事かとフリューゲルを見ると、彼は何かわかっているように「大丈夫だ」と言った。

彼がそう言うなら大丈夫なんだろうと、不思議とそう思える。

いつだって頼りになる夫であってくれた彼に、こんな奇跡のような日だからこそ、私は勇気を出してみようと思えた。

きっと、恐れているような答えは返ってこないと、今日思えたから。

「あのね」

「何だ」

「あの、あなたは、どうして、私と結婚してくれたの…………？」

小さな声になってしまい、恥ずかしくて思わず俯きそうになる。

けれど、やっと聞きたかったことを聞けるのだからと、私はここで弱気を出してはいけないと思い切って顔を上げた。

そしてそこには。

「────まさか……」

マルクスそっくりの、ぽかんとした顔があった。

大きく見開かれた目、眉がすっかり上がり、開いた口からはこぼれるように言葉が漏れた。

普段の彼よりずっと幼く見えるその表情は初めて見るもので、なんだか小さい子どものような反応に私も驚いてしまう。

「え……？」

「ま、さか、ピアーニ、君は……」

一体どうしたというのか、彼はマルクスに騎士が何かを知らないと言われた時以上に驚いているようにすら見えた。

こんなに驚く彼は初めてで、私もなんだか不安になる。

「あの、その、別に正直に言ってくれていいの。でも、聞いたことがなかったなと思って……」

沈黙に耐えきれず、私が声を小さくしながら言い訳のように言うと、フリューゲルは突然ガバリと立ち上がった。

背の高い彼が大きく動くとびっくりしてしまう。

そして立ち上がったままぐしゃりと頭を抱えた彼が叫んだ。

「私は馬鹿だ！」

「え⁉︎」

大きく張った声に、その内容に、さらに驚いてしまう。

どうしたのかとオロオロしていると、しばらく頭を抱えたままだった彼がストンと拍子抜けするほど静かに椅子に腰を下ろした。

ゆっくりと頭から外される大きな手の下、寝起きでも乱れない彼の髪が珍しく乱れていてどきりとした直後、覗いた彼の表情に私は「ひゅっ」と息を止めてしまう。

困り果てた顔は目元が心なしか潤んで見え、いつも凛々《りり》しい太眉が情けなく下がっていたのだ。

普段ほとんど表情を変えず家でも背筋の伸びた姿勢を崩さない彼が、今は項垂《うなだ》れるようにテーブルに身を倒し、悔しいような困ったような泣いてしまいそうな弱り切った表情で口元をわななかせている。

あまりに見慣れない彼のその顔に、ぐらりと胸中の何かが大きく揺さぶられてなぜだか鼻の奥がカッと熱を持った。

この人は、格好良すぎる……！

あまりにもあまりな目の前の脱力した彼の姿に、庇護《ひご》欲をそそられてしまいそうなその姿に、そこはかとない色香に、この場に不釣り合いなことに私は鼻血でも出してしまいそうだった。

「…………ピアーニ、あのハンカチを覚えているか」

「は、は、はい。私の名前の刺繍の入ったあれ、よね？　お店に来た時や、たしか私の故郷に最後に来た日にも渡してくれたハンカチ」

長い沈黙のあと、なんとか姿勢を持ち直した彼は、彼から出たとは思えない弱い声で私の様子をうかがうように聞いた。

言葉数の多くない彼の言葉の意味を、私はすぐには理解できない。

「その前のことは」

「ええと、ごめんなさい。実はなぜあなたがあのハンカチを持っていたのかもわからないくらいで」

私がそこまで言った時、彼は『はあああ』と長い溜息《ためいき》をこぼして再びテーブルへへたり込んだ。

「あ、あなた」

「いや、すまない、そうだよな。私が九歳になるかどうかの頃だから、君は四歳になっていたかどうか。覚えていなくても当然だ。本当に、私は馬鹿だな……」

脱力したフリューゲルはテーブルに手をつき、ゆっくりと重そうに体を起こした。

日頃から鍛えている彼が普段どれだけきびきびと動いていたのか、今こうしている姿を見て思い知る気分だ。

脱力している彼が大型の動物のようでなんだか可愛く見えてきて、体も大きくてずっと年上の彼だけれど、今度からこうして脱力しているのを撫でさせてくれたりしないだろうかと、私は混乱ついでに思考を飛躍させてしまう。

「……………」

「……………」

ここ最近でも二人の時間に沈黙が続くことがあったけれど、今のこれはそんな気まずいものとは全く違う。

なんだかいたたまれないような、なんだかドキドキと恥ずかしいような、不思議な感覚だ。

「ピアーニ」

「ははははは、はい！」

ドキドキしていたからか、呼ばれた途端に一際大きく鼓動が跳ねる。

橙の瞳と真っすぐ目が合った。

「私の初恋は、君だ」


視線と同じく真っすぐに投げられた言葉。

意味がわからなくて私は時間が止まったような錯覚すらした。

「え？　え？」

言われた意味がまだ処理しきれないままに顔に熱が集まってきて、うまく喋れない。

けれど私のそんな様子に気づかないフリューゲルは続けた。

「君との出会いは私が九歳になるかどうかの頃、君の故郷の町へ家族と避暑に行った時のことだ。その頃、私は兄との仲が上手くいっていなかった」

かつて、こんなに長々とフリューゲルが言葉を紡いだことがあっただろうかと思い、そういえば今日の昼にマルクスに騎士のことをたくさん教えてくれたばかりだったかと、どこか冷静な部分の私が思う。

彼が話してくれるには、幼い日の彼はその剣の才能を見込まれて分家筋から養子に迎え入れられたばかりで、本家の兄よりも武芸に秀でていたために家での立ち位置に苦慮していたらしい。

養子だということは聞いていたけれどそんな経緯があったなんて知らず、私は先ほどの彼の爆弾発言は一度頭の隅に追いやって話に集中することにした。

「そんな時、励ましてくれたのが君だ、ピアーニ」

「えええ」

全く覚えていない。

私もきっと困り果てた顔をしているんだろう、笑顔を見せることがほとんどないフリューゲルが珍しく口角を持ち上げて笑ったように見えた。

目の毒だ、格好いい。

「避暑地でも日課として兄と打ち合い稽古をしていた。勝ってしまってはまた兄と気まずくなるからと兄に打たれるままになることが多かったが、今にして思えば私のそんな態度こそが兄の矜持《きょうじ》を傷つけていたのだろうな。そして、必要以上に生傷を作っては別荘にいづらかった私は町に出て、君に出会った」

話を聞きながら、私は本当にぼんやりとだけれど傷だらけの男の子と過ごした記憶が蘇っていた。

その日も母に新しいハンカチを追加でポッケにねじ込まれていた幼児の私は、家の近くでハンカチを使う機会を探していたはずだ。

土いじりも飽き、ハンカチで虫を捕まえるのにも苦戦していた私は傷だらけの男の子を見つけ、手当てごっこをしていた気がする。

本当にその記憶の相手がフリューゲルなのか、確信はない。

けれど、記憶によればその年の暑い季節の間、母の刺繍趣味が下火になるまで、私はせっせと毎日のように手当てごっこにいそしんでいたような記憶がある。

「恐らくですけど、思い出したような……」

「そうか、嬉しい。君と出会ったおかげで私はとても励まされたし、前向きになることができた」

また真っすぐな言葉を投げられ私は「ぐぅ」と怯《ひる》む。

そんな私に構わないまま、フリューゲルの猛攻は止まらなかった。

「それから四年経ち、もうあの町に行けないとなった時、本当は借りたハンカチを全て返さなければいけなかった。けれど、返せたのは一枚だけだ。その時はまだ自覚していなかったが、私はずっと君のことが好きだった。繋がりがなくなるのが嫌だったんだ」

「ぐふう」

もはや止まらぬ攻撃に、私は為《な》す術《すべ》もない。

なおも「厳しいという騎士候補生の訓練も、親元を離れた宿舎暮らしも不安だった。君のハンカチを見れば、もう怪我などしない頼りがいのある男になりたいと気持ちを強く持てた。一方的に、気持ち悪いだろう。すまない、あの頃は自覚も悪気もなく……」などと、普段の無口ぶりが嘘のような饒舌ぶりだ。

彼の表情は普段より少し弱気は見えるものの相変わらずほとんど変化がなく、私はといえばもう完全に感情の容量の限界を超えてテーブルに突っ伏している。

だいぶ序盤で人の形が保てなくなっていた。

なるほどこれが骨抜きかとカッカと燃えるように熱い頭で考える。

「正式に騎士団入りが決まった日、王都で君を見かけて交際を申し込もうと決めて店に行った。成長した君は驚くほど可憐《かれん》で、緊張して胸がいっぱいで、何も言えなくなって何度も通うことになった」

「胸がいっぱいでもたくさん食べてたわ」

もはやどこから突っ込んでいいかわからず思わず口からこぼれた嘆きのような何かに「あぁ、君の顔を見ながら食べる飯はとてもうまい」と言われてしまえばもう何も言えない。

私は明日からどんな顔をして夕食の席につけばいいのか。

「勇気が出なくて、ハンカチを口実にした。手元から一枚また一枚とハンカチを返していくうちに決意は強くなった。最後の一枚で必ず交際を申し込もうと思っていたのだが、思い余って結婚を申し込んでしまった時はどうしようかと思った。君が頷いてくれてとても嬉しかった」

「で、でも、指輪は……？」

「交際を申し込むのに何か渡したほうがいいかと悩み、兄に相談した。兄はなぜかひどく動揺していたけれど、花や指輪はどうかと教えてくれたんだ。兄のおかげで君への求婚の格好がついた。今でも頭が上がらない」

「そういえば、お兄さんとは小さい頃の確執は解消していたんですね……」

もう何を言っていいか、フリューゲルの言う話が全般的に信じられないような内容の連続すぎて、私もずれた相槌《あいづち》を打ってしまう。

フリューゲルは普段たくさん話す経験がないからか、どこか話しながらも興奮しているような高揚しているような状態だ。

「兄とは小さい頃のままの関係だった。けれどずっと前に結婚していて相手とも順調だと聞いていたから、無骨な騎士仲間よりはいい回答がもらえると思って訪ねていった。そういえばあの相談以降はたまに話をするようになったな」

「お兄さん………」

お兄さんはさぞ驚いただろうな、と、遠い目になる。

小さい頃からギスギスとしたままの関係だった義理の弟、そんな彼が突然訪ねてきて女性に交際を申し込むから何を持っていけばいいか教えてくれとやってきたら、動揺して指輪なんか提案してしまうかもしれない。

結婚の挨拶で顔合わせをしたきりでほとんど交流もない相手だが、眉間の皺が深くて厳《いか》めしい顔をした人だと思ったものだけど、もしかしたら彼の普段の表情はあれではなかったのかもしれないなと今更ながらの新発見だ。

義理の兄夫妻ということで彼らも王都に住んでいるようだし、今度またご挨拶に行ってみようと思う。

それから、目の前で「あと、君に伝えられていないことはないだろうか……」と腕組みして真面目に考えている端整な顔を見る。

「フリューゲル」

「ん？」

呼べば、彼はぱっとこちらへ視線を向けた。

そういえば、彼に名前でこうして呼びかけるのも久しぶりかもしれない。

向けられる橙の瞳が柔らかいのを見て、これからはもっと名前で呼ぼうと思った。

「愛してるわ、フリューゲル」

「ああ。私も愛しているよ、ピアーニ」

笑んで言った私に、彼が嬉しそうに目元を和らげて笑うものだから、私の胸はまた高鳴った。

本当に、一日でこんなにたくさんの幸せを知ってしまって、いいのかしら。

瞑った目に影が落ち、テーブル越しに身を乗り出した彼が優しく口づけを落としてくれた。

私のもう一つの幸せ、晴れやかな顔をしたマルクスが帰ってきたのは、それから間もなくのことだった。

後日、嬉しそうな夫と息子に手を引かれて王都で家族お揃いの服を何着も仕立てることになったり、これまで口数の少なかったはずの夫がやたらと愛を伝えてくるようになったりしてしまって、嬉しいやら恥ずかしいやらで取り乱しまくってしまったりするのは、また別のお話。

大商家の愛娘（幼女）ですが、毎日元気いっぱいに暮らしていたら攻略対象の過去トラウマを一掃しちゃってたみたいです／了

大商家の愛娘（幼女）ですが、毎日元気いっぱいに暮らしていたら
攻略対象の過去トラウマを一掃しちゃってたみたいです

発行日　2024年4月25日 初版発行

著者 ビビリキウイ　イラスト れんた

©ビビリキウイ

発行人　保坂嘉弘

発行所　株式会社マッグガーデン
〒102-8019 東京都千代田区五番町6-2
ホーマットホライゾンビル5F
編集 TEL：03-3515-3872　FAX：03-3262-5557
営業 TEL：03-3515-3871　FAX：03-3262-3436

印刷所　株式会社広済堂ネクスト

担当編集　須田房子（シュガーフォックス）

装　幀　早坂英莉＋ベイブリッジ・スタジオ、矢部政人

本書は、「小説家になろう」(https://syosetu.com/) 作品に、加筆と修正を入れて書籍化したものです。

本書の一部または全部を無断で複製、転載、複写、デジタル化、上演、放送、公衆送信等を行うことは、著作権法上での例外を除き法律で禁じられています。

落丁本・乱丁本はお取り替えいたします(着払いにて弊社営業部までお送りください)。

但し古書店でご購入されたものについてはお取り替えすることはできません。


ISBN978-4-8000-1436-8 C0093　Printed in Japan

著者へのファンレター・感想等は〒102-8019（株）マッグガーデン気付
「ビビリキウイ先生」係、「れんた先生」係までお送りください。
本作品はフィクションです。実在の人物・団体・事件等には一切関係ありません。